读者丛书
DUZHE CONGSHU
国家记忆读本

青春打滚的季节

读者丛书编辑组 / 编

读者出版传媒股份有限公司
甘肃人民出版社

图书在版编目（CIP）数据

青春打滚的季节 / 读者丛书编辑组编. -- 兰州：
甘肃人民出版社，2019.3（2020.7重印）
（读者丛书. 国家记忆读本）
ISBN 978-7-226-05421-5

Ⅰ. ①青… Ⅱ. ①读… Ⅲ. ①散文集－中国－当代
Ⅳ. ①I267

中国版本图书馆CIP数据核字(2019)第038777号

总　策　划：马永强　李树军
项目统筹：李树军　党晨飞
策划编辑：党晨飞
责任编辑：肖林霞
封面设计：久品轩

青春打滚的季节

读者丛书编辑组　编

甘肃人民出版社出版发行
（730030　兰州市读者大道 568 号）
永清县晔盛亚胶印有限公司印刷
开本 710毫米×1000毫米　1 / 16　印张 15.25　插页 2　字数 226 千
2019年3月第1版　　2020年7月第3次印刷
印数: 12 016~21 075
ISBN 978-7-226-05421-5　　定价: 32.80元

目 录
CONTENTS

1

诗歌的"革命读法"

在小学我是靠说相声出名的，后来改行朗诵，背的是高士其的诗《时间之歌》。只记得操场上尘土飞扬，前有全校学生，后有老师督阵。我站在砖台上，扯起嗓子："时间啊——时间唰地过去了。"

"上山下乡"时，我当上建筑工人，在工地上干活，忍不住来一嗓子。晚上，我们几个同好爬到楼顶，对着星空和高音喇叭，唱的是毛主席诗词，背的是贺敬之的《雷锋之歌》。老师傅认为我们有病："这帮小子，八成是找不着老婆，看给急的！"

1970年春，我和一凡、康成去颐和园后湖划船。康成站在船头背诗：

我的一生是辗转飘零的枯叶

我的未来是抽不出锋芒的青稞

如果命运真是这样的话

我愿为野生的荆棘放声高歌

这是郭路生的诗。我被其中的迷惘打动了。9年后，我见到郭路生，都说他疯了，我一点儿看不出来。大概唯一的根据是，他往返于家与精神病院之间。朋友在一起时，他会突然冒出一句："我能不能给大家念首诗?"没人反对，他起身，拉拉褪色的制服，"请提意见。"他用舌头把活动假牙安顿到位，清清嗓子。念完一首，他谦逊地笑笑："能不能再念一首?"声音虽抑扬顿挫，但相当克制，和我们当年的"革命读法"不同。

所谓"革命读法"，就是把杀鸡宰羊的声音与触电的感觉混在一起。那时代的标准发音，赶上这会儿，准被认为精神有毛病。看来郭路生挺正常，是我们和时代疯了。

1979年4月8日，《今天》编辑部举办朗诵会，在玉渊潭公园。我们事先向公安局申请，没答复，就算是默许了。我和芒克、老鄂去考察地形。林中空地有个土坡，正是舞台。黄锐把床单画成抽象风格的幕布，绷在两树之间。老鄂忙着接蓄电池、扩音器和喇叭，那架势像土法爆破。那天风大，听众比预计的少，有四五百人。若从空中看，有三圈不同的颜色：以听众为中心，灰蓝土绿；然后是外国人，花里胡哨；最外圈是警察，一片白。陈凯歌参加了朗诵，他当时还是电影学院的学生。那天他念的是郭路生的《相信未来》和我的《回答》，用"革命读法"。而雕塑家王克平正好相反，他念芒克的《十月的献诗》，平平淡淡，好像自言自语。

四川诗歌节的疯狂

1986年深秋，《星星》诗刊在成都举办"星星诗歌节"。我领教了四川人的疯狂。诗歌节还没开始，2000张票被一抢而光。开幕那天，有工人纠察队维持秩序。没票的照样破窗而入，秩序大乱。听众冲上舞台，要求签名，钢笔戳在诗人身上，生疼。我和顾城夫妇躲进更衣室，关灯，缩在桌子下。脚步咚咚，人们冲来拥去。有人推门问："顾城、北岛他们呢？"我们一指，说："从后门溜了。"

写政治讽刺诗的叶文福，受到民族英雄式的欢迎。他用"革命读法"吼叫时，有人高呼："叶文福万岁！"我琢磨，他若一声召唤，听众绝对会跟他上街，冲锋陷阵。回到旅馆后，几个姑娘围着他团团转，捶背按摩。可惜我没这个福分，只有个小伙子缠着我。他是大连人，辞掉工作去流浪，目光中有着道路纠葛在一起的狂乱。他跟了我好几天，向我倾诉内心的痛苦。我说："我理解，但能不能让我一个人歇会儿？"他二话没说，拔出小刀，戳得手心溅血，转身就走。

那是由于时间差——意识形态解体后商业化浪潮到来前的空白。诗人戴满了面具：救世主、斗士、牧师、歌星……撞上因压力和热度而变形的镜子，我们还险些以为那真是自己呢。没两天，商业化浪潮一来，卷走面具，打碎镜子，这误会再也不会有了。

1985年夏天，我头一回出国。规模最大的荷兰鹿特丹诗歌节，绝无我在成都所见的狂热。听众手脚干净，没人带刀枪，挟诗人以自重。他们花钱买份节目单或诗集，安分守己，必要时鼓鼓掌。对诗人，则像测谎一样，先要试音，别想吓着观众，也别想占领舞台，朗诵时间受到严格限制。我估摸必要时他们会干脆关上喇叭，让有歇斯底里倾向的诗人变成哑巴。总之，其运作有着资本主义的精确性。

诗人多跟社会过不去，又无生存能力，免不了待业、受穷，有精神病嫌疑，被划入另类。不管怎么着，朗诵给诗人提供了证明自己不聋不哑、免费旅行和被世界认知的机会。

（摘自汕头大学出版社《失败之书》一书）

一匹骆驼

贾平凹

1983年秋天，西安的雨特别多，哪里也不能去，古老而完整的围城里，日子过得闷闷的。到了10月，天津搞散文评选，获奖通知里有我的名字。妻很高兴，说："你不是老念叨去那里吗？这下逢机会了，公私兼顾，你可以去见见孙犁了。"我说："是的。"脸就涨得红红的，几天里慌得捉不住事做。出门的日子越来越近，我却胆怯起来。我形象猥琐、口舌木讷，平日很少往大城市去，更绝无拜见过什么名人，听说天津街道曲折，人又欺外，会不会在那里迷失方向、遭人奚落呢？再说去见孙犁，又怎么个言语呢？妻好骂了我一顿窝囊，自个儿就收拾起我的行李，带了家乡的葡萄酒、木耳、核桃。东西已装好了，我取了出来，说送这些东西，虽是家乡山货，但都是口腹之物，未免有些那个，我怎么好意思在人家面前掏呢？妻便又说："那就把玉石枕头带上吧。"这是一件长长的玉石凿成的物件，冬枕不凉，夏枕消暑，能治头痛脑热，她的父母早些年里给儿女分家，特意留给她一件作纪念。我就笑了："这成什么体统呀，你视为传家的宝贝，可于别人那就是一块冷石头了，何况那是乡下人用的东西，大城市里哪会用上？"妻刚从乡下搬进城来不久，什么都以乡下人走亲戚待客的规矩准备。她就为难了，说："你们这些文人，这也庸俗了，那也逊眼了，人家老老的人，你莫非空手去吗？"我蓦地记起在一张孙犁的照片上，看见过他身后的墙上挂着一幅骆驼的画，就说："带一件唐三彩的骆驼吧，唐三彩有咱秦地的特点，骆驼又是老人喜爱的形象，岂不更有意思吗？"妻便依了我，小心翼翼地将书架上珍藏的一匹瓷质的骆驼取下来，用绸子手帕擦了灰尘，一边包裹，一边说："这使得吗？这使得吗？"

10月2日，妻按乡下的风俗，包了饺子给我吃，亲自送我到车站，帮我拉了衣襟，叮咛勤勤注意把衣领整好。上车了，还说："包儿不要放在行李架上，要抱在怀里。"我当然就抱了包儿，后来实在不方便，才放到最顶的卧铺，将毛毯紧紧围在铺角，过上几个小时，就爬上去看看。谁也不知道那包儿里装了什么，我一直留意周围人的神气，会不会发生被盗的危险呢？夜里去睡，包儿放在枕边，地方小，我不能仰躺，就侧着，恍恍惚惚的，但终没有掉下来。到了北京，乘客都争先往车下拥，我不敢妄动，最后一个下车。车站上人很多，通道全挤满了，我第一次真切地感到了人多的可恼，又都慌慌张张，像要去武斗似的。我慢慢往前走，别人可以碰我，我却不敢碰别人。包儿挎在肩上，一只手又过去抱住，生怕包带突然断了。吩咐同行的三个同伴分别在我前后："若有人要碰我，你们要保护呀！"

出了车站，我仍疑惑不定，问道："是不是有人碰着我了？"他们就哧哧谑笑。我说："我怎么有一种破碎感？"他们更笑骂我书呆子气，又故意逗我，提出一些条件，说："要不，我们就不保护你了！"我只好百依百顺。

本来从北京到天津，坐火车两个小时就到。但出站、买票、候车，却花了整整四个小时，下午五点五十八分，我们才坐上去天津的列车。乘客不多，包儿就占了一个位，被我用手搂着。天黑下来，大家都疲困了，坐着打盹，我不敢睡去，竭力从窗玻璃上往外看。外边的世界是黑颜色，玻璃上映出好多乘客的脸面，当然最清楚的是我的眉眼了——头发乱乱的，腮帮子显得更瘪。我心想："我真是要去天津了吗？"两年前，我发表了一篇小小的散文，孙犁偶然看到了，写了一篇读后感。对于他的人品和文品，我很早就惊服得五体投地，我一个才练习写作的小青年的一篇幼稚的散文，倒得到他的笔墨指点，这使我很激动，也激发了我写散文的勇气。于是，我给他去了一信。万没想到，就在收到我信的三个小时后，他便给我回了一封信，谈了许多指点我写散文的见解。从此，我们就通起信来。他的每一次来信都十分认真，有鼓励，有批评，直来直去，甚至在大年三十的中午，为我用毛笔书写了沈约的《宋书·谢灵运传论》里关于作文语言变化运用的条幅。但我又不敢多给他去信，怕打搅一个七十岁高龄的老人的生活。一些朋友劝我去天津看看他，我也时时作着去天津的念头。但三次要去，三次都没有去成。一次已经买了车票，却因为突然有个紧急会议没有去成。一次到北京开会，和妻说好顺路去天津，但在北京车站徘徊了许久，又作罢了。我知道自己的劣性儿，害怕见人，害怕应酬，情绪多变化，曾经三次要登华山，三次走到华山脚下，却又返回了。一回到家里，就十分后悔，自恨没出息。我想："三去华山而不登，华山会长存；三次去见孙犁却不能，老人已经七十岁，难道还能再活七十岁吗？"现在，车是实实在在往天津开了，一个呆头呆脑的矮个子怎么行走在繁华的天津大街上，一个蹩脚蹩手的学子怎么坐在一位文学家的面前呢？我的胆怯又出现了，我赶忙闭上眼睛，心里说："什么也不要想，什么也不要想了。"

夜里八点多，到了天津，我们给散文评委会打了电话，我估计车来还需一段时间，就放下包儿，一个人去找厕所，又一个人去买烟。才悠悠抽着，同伴就大声喊我，原来接站车就在近处，在我去厕所时他们已接上头了。我忙跑过去，人都上了车，我一钻进去，车就开动了。我悄悄问同伴："我的包儿呢？"回答："都装在车上了。""没轻放吗？""还用你说？"街道在白天或许平平坦坦，夜里灯光一打，路面却坑坑洼洼起来，车时不时颠一下。每一颠，我就心一紧：会不会颠坏骆驼？真想把包儿抱在怀里，但行李全放在车后尾仓，要取是不可能了。我心里就嘀咕了："不会损坏吗？""哪儿就能损坏了？""天津街道这么不平？"心里总不踏实，只恨离驻地太远了。到了招待所，车停了，迎接的同志指着面前的楼房说："就住在二层上。"我看见二层楼上灯光亮着，窗口有人在说着欢迎的话，我多么高兴啊！这时候，迎接的人去打开尾仓取行李，仓一打开，突然掉下一个包儿来，"咚"的一声，我一下子惊慌起来：这是谁的包儿，不会是我的包儿吧？包儿掉下来，在空中是翻了个个儿，依然底部着地，那是一个崭新的不大不小的外边有一个小兜的皮包，我"嗡"地脑袋就大了。一把将它拎起来，站在那里一动不动了。同伴们也都发觉了，都闭了气，看我的脸色，问："怎么会是你的？"我还是说不出话来。"不要紧吧？"我说："不要说，不要说了！"言语里有了几分恼怒。再也顾不得与一些人寒暄，提着包儿就上了楼，进了安排好的房间。我自言自语："不会打碎吧？怎么会打碎呢？"我不敢打开包儿看，反点上一支烟，千声万声在心里祈祷："它是不会碎的，它掉下来的时候是底儿朝下的，哪会打碎呢！"足足过了两个小时，我又走出房间，故意和一些同志打招呼，说笑。然后再走回来，将门插了，慢慢将包儿打开，心中充满了战战兢兢又迷迷糊糊的神秘色彩。啊！果然没事，骆驼依然在包儿里站着，高昂的头颅，下垂的脖子，我太兴奋了！再用手往下摸去，突然触到了什么东西，硬硬的，慢慢取出来，竟是一条断了的腿的瓷棍儿。我站在那里，眼睛一下子直了。

骆驼破碎了四条腿，三条是硬伤，一条的脚上碎裂成几十个颗粒儿。我没有勇气把它送给孙犁了。第二天，到了孙犁家，老人正眯着眼睛站在门口的花台子上，暖洋洋的太阳照在他身上，衣服似乎有一种黑和蓝的颜色。经人介绍，他迟疑了一下，就叫着我的名字，同时拉我进了屋子，连声说："我才给你写好了信啊！"桌头上果然放着一封写给我的信。这封没有邮票、不加邮戳的信手接手地邮到了。我一时不知说什么好。他显得很快活，倒水，取烟，又拿苹果；问了这样，又问那样，从生活到写作，一直谈到读书。他打开书柜，让我看他的藏书，又拿了藏书目录让我翻阅。吃罢午饭，当我红着脸讲了骆驼破碎的过程，他仰头哈哈大笑，说："可以胶的，可以胶的！文物嘛，有点破损才更好啊！"两天后，我将用胶粘好的骆驼放在他的书案上，他反复放好，远近看着，说："这不是又站起来了吗！"便以骆驼为话题，又讲了好多为人为文的事。

　　他是慈祥而又严厉的人，有好说好，有坏说坏。又一个上午过去，又在那里吃饭，他又戴了帽子，拄了拐杖送我到院门口，又是叮咛我多来信。

　　这天夜里，我给家中的妻写了信，信中对于骆驼破碎的事自我责骂了一通，写道："你也不要再怨我，其实世上的事本来就没有十全十美的，愈是不十全十美才愈有了诗意吧；越是珍贵的东西，越是容易破碎，越是容易破碎的东西，也越是珍贵的吧。我留给孙犁的，是一匹破损的瓷骆驼的遗憾；孙犁留给我的，是人品、文品的永久启示的满足啊！"

　　　　　　　　　　　　（摘自浙江文艺出版社《贾平凹散文》一书）

金庸的书好看，我是知道的。

我的书有人爱看，我是知道的。

我的读者没有金庸的读者多，我也是知道的。

金庸是个天才。

大约在 2005 年，香港、深圳和南阳三地联合拍摄了我和金庸先生的对话。

那次论坛选址在深圳，是有原因的。南阳离沿海城市较远，对话的社会效果不易张扬。金庸先生已逾八旬，不宜远道前来河南，我则身体不佳，到香港又觉得太远。最后，在中间路上选了深圳。

会面时，我谈到喜欢读金庸的书。金庸先生客气，说喜欢阅读我的"康、雍、乾系列"历史小说。我又讲金庸先生的书也有我不太喜欢的，如《雪山飞狐》《碧血剑》。我也坦陈了我的看法：金庸先生是天才。

我说他是天才，并非是在这里逢场作戏，这是我的真心话。

中国的武侠文学，如果追着根去，可以追到《史记》里的《游侠列传》。该列传可以看作是武侠小说门类中的纪实文学作品。也可以说，从西汉时，中国的武侠和游侠已经走进了社会。这个时期过后，便产生了"红线女""风尘三侠""柳毅传书"等江湖侠义传奇，这又是一个漫长的历史时期。到了明清时期，尤其到了清代，继冯梦龙的"三言二拍"之后，又出现了《彭公案》《施公案》之类的市民传本小说，却也是侠义小说。到《三侠五义》，可以说是达到了侠义小说的顶峰。

这么说来，要好几百年，侠义小说才能完成一个轮回，进入一个新的境界，才可能产生一种质的变化。

如《红线女》等作品，表现的是当时作家头脑中为伸张正义而不计后果、不虑私利的社会意识。为弱者申诉、为受辱者呼吁，通过杀伐决斗昭示社会对正义的渴望与诉求，到了明清时期，这与西方的骑士小说有某种相通的地方。西方的游侠身处冷兵器时代，一群或某个拥有搏击实力的人保护一位公主、美女、显赫家族的落魄淑女……种种如是。在中国，同样是类似的冷兵器高手，却单人或联众护佑一位肯为弱势群体或求告无门的底层平民伸张曲直、辩白冤诬的廉洁敢为的官员。而从文学艺术史的角度讲，东西方这两群人相继出现在人类社会的不同地域，似乎连"商量""约定"的联系也没有。

从明清小说开始，中国的武侠几百年来没有什么质的变化。

但到了现代，又出现了金庸、古龙、梁羽生等作家的武侠小说，金庸毋庸置疑是主将之一。他们数年之间便风靡全国，让武侠小说普及到平民家庭，成为青少年喜爱的文学体裁，这里头金庸先生的作用是不可低估的。20世纪末，曾发生过某作家批评金庸的事。当时报纸等媒体的舆论是这样的，某作家早上在街上骂了一句"金庸他妈的"，话音刚落，所有的窗户都打开了，人们回骂："某某，你他妈的！"金庸的影响力，可以说是全民性的。我在这里并不是想将那个作家与金庸进行实质性的比较，我是说武侠小说在中国文学史上的地位，被金庸等人拔高到何种程度。在中国的读者群体中，金庸的小说既涵盖高层领导，也吸引引车卖浆为生的贩夫走卒，从大学生到小学生，几乎一谈起武侠小说，共同的话题便是金庸、古龙、梁羽生这几位作家。

我称金庸先生是天才，就是这个原因。这些以金庸为代表的新武侠小说大师彻底摆脱了侠客保卫清官的旧套路，在武侠中注入了人文性。他们捍卫的不再是哪个人，而是一种理念，人性理念。除了追求人与人之间的平等、和平与爱，他们的武侠还涉及一些我们传统旧武侠中所没有、所忽略的社会问题。但捍卫人性自由、追求平等意识，恐怕是社会共同的阅读需求。

从西汉游侠开始到唐人传奇，到明清武侠，再到当代，几百年才发生一次质的变革，我没有理由不认为金庸是个天才。而天才，我们无法指定或要求，上天必须每多少年赐予我们一个。因此我还要说：我不指望上天在一百年内，还能再给我们一个"金庸"。

在我和金庸谈话时，金庸问我，最爱读的是他的哪一部小说，我说是《神雕侠侣》。他又问："为什么呢？"我当即答："杨过本身是一个无依无靠、无后援的苦孩子，生活在郭靖、黄蓉家，郭、黄也不是坏人，但郭家就是不能容纳杨过。师母提防他，师姐很骄傲，师弟也欺负他，郭靖无奈，送杨过到终南山。终南山的道士们又与杨过过不去，逼来逼去，将杨过逼到古墓中，还不肯罢手，必欲将其置之死地而后快。杨过就这样漂泊江湖，与各种人打交道，学了一身本领，又来报答郭靖等人，并百死不悔地爱着小龙女。那么多的好人伙同坏人共同与杨过为敌，原因只有一个，杨过的父亲杨康不是好人！杨过越受欺负，本领越大，终于压倒众人，成了战无不胜的英雄，故事的哲理性始终在书中等待读者领悟，成了牵引众多读者的暗存主线，好就好在这里。"

郑渊洁先生也到过我家，他问了一个同样的问题，我回答说："就是你写的那两只小老鼠的故事，仅仅因为一出生就是只老鼠，便遭受社会和人类的歧视，这不是一个普遍性的问题吗？比如一个地主的孩子，升学无望，参加工作无望，推荐选拔无望，进城务工亦无望，你教他怎么办？那就到童话里去寻觅力量吧。"

金庸的书不是被称作"大人的童话"吗？读者于是蜂拥而至，形成这样浩大的势态。

人哪，渴望什么就会拥有什么样的许愿与承诺。

作为作家，岂可不勉之矣！

（摘自《南方周末》2017 年 7 月 13 日）

文学的另一面就是梦

苏 童

对人类生活来说，"梦"是一个不得不谈的词。想必大家脑海中有无数关于梦的说法和故事，其中最耳熟能详的莫过于美国黑人民权领袖马丁·路德·金的演讲《我有一个梦》。这个关于自由的"梦"影响了后来的一代人，包括他们的思维方式和语言方式。在 20 世纪六七十年代，美国作家斯特兹·特克尔写了一本书《美国梦寻》。20 世纪 80 年代初期，当我第一次读到这本书时，在集体性意义上，我看到了美国人如何"做梦"。当然，这两个"梦"的内涵各有侧重。马丁·路德·金的梦是关于种族、尊严、公平、自由的梦；而我读到的"美国梦"，刻画了形形色色的人物——有大学教授，还有妓女——以及他们的"美国梦"。

作为一个写作者，当把文学与梦相连时，我本能地想到《红楼梦》。在我很小的时候，第一次接触竖排版的《红楼梦》。那时我还看不懂内容，再加上书是繁体字的，就更增添了我的疑惑：不就是一个梦吗，怎么这么厚，怎么能写这么长呢？后来，自己成为一个阅读者，就知道《红楼梦》是一个梦，可也不全是一个梦，它多半是人生。

真正对我的文学思想、创作乃至语言方式产生影响的是美国黑人女作家托尼·莫里森的梦。我喜欢对朋友讲述她从事文学创作的动机，即她文学道路的发端。莫里森的祖母也是黑人，文化程度不高。祖母有一个爱好，她特别喜欢"解"自己的梦：做完梦，她会为别人拆解、分析她的梦。这可算她的一大精神享受。可是，一人之力毕竟有限，耗尽了自己的素材之后，她便常常向孩子们"讨梦"。莫里森就是其中一个。这个小姑娘最初感到很厌烦，但是祖母用一美元买一个梦的诱惑太大了。正因为这种利益驱动，她开始为祖母讲述自己的梦。小孩其实没有那么多梦，即使有，也不能完全记得住。可是她又很想要那一美元，于是，莫里森就开始编造她的梦。莫里森认为，这便是她最初的创作：不是发端于文字，而是发端于讲述。"编一个梦"，我认为这是对某一类人、某一种写作生活非常精妙的暗示和比喻。联想到我自己，我的童年经验虽与莫里森的相差甚远——两个民族、两个地域、两个时代、不同的意识形态——但从某种意义上说，童年本身是公平的，因为它充斥着故事，充满着梦幻。

我自己的文学生涯也源自一个很不靠谱的故事。那时，我还没上小学。对那个年代的苏州人来说，夏天的酷热很难熬。可大家穷得连电风扇都买不起，40摄氏度的气温下全靠一把扇子度日。于是人们就期盼着夜晚，因为可以出来乘凉。夏夜，大伙儿都来到一个安静的地方，坐下来，点上蚊香，再拿一把扇子，聊聊天，喝喝茶。

有一段时间，我经常跑到我家对门的那位大哥家，听他讲他的故事。除了一群像我一样闲来无事的男孩，听众里还有几个少女。大哥是一个工人。他讲什么呢？我现在要说，他讲的故事之所以能够引起我们的兴趣，是因为那些故事与那个时代的其他故事迥然不同。他讲的是鬼故事！包括一些恐怖故事和当时秘密流传的手抄本小说。有一天，他讲了一个故事——《恐怖的脚步声》。讲的是在某个古老城市里的一条偏僻街道上，有一座废弃的楼房。平时，这座楼房门都被封着，无人问津，周遭也是荒草萋萋。但是，每到半夜，就会有一件怪事发生：午夜 12 点时，楼房里的灯全亮了，而且此时邻里街坊可以隐隐地听见楼房里发出阵阵上下楼梯的脚步声，因此叫作"恐怖的脚步声"。大哥在描述脚步声时，眼睛盯着我们这些一惊一乍的孩子，"嗒、嗒、嗒"，他正说着，突然，屋后化工厂里的高音喇叭响了，声音大极了。原来是播报巴黎公社成立 100 周年的纪念活动，接着《国际歌》也响了起来。于是，这个恐怖故事就被嘈杂的歌声和字正腔圆的播音声给"搅局"了。遗憾的是，此次故事中断后，我们再也没有福气听那位邻居大哥讲故事了。后来，我才知道，原来，邻居大哥相中了当时在座的一个女孩，可得知女孩对他并无好感，也就没兴趣攒局讲故事了。

说来奇怪，这个"恐怖的脚步声"却在我脑海里住了下来。正因为对鬼魂感兴趣，在我小学三四年级时，也就是在我最多只能"创作"几百个字的时候，我就在作文本上把那位邻居大哥讲的《恐怖的脚步声》用稚拙的句法记了下来。可是，当写到"嗒、嗒、嗒"时，因为想象力不够，也就停止了。我姐姐当时在农村插队，还把我的这篇小文给知青点的知青们看。她得意得很，因为她的弟弟似乎已经会写恐怖故事了，虽然只写到"嗒、嗒、嗒"就不得不戛然而止。虽然是否出自真心现在已不得而知，那时，也许知青们都碍于姐姐的面子，不得不赞美我几句，可这些夸奖却或多或少点燃了我对于文学、对于"编造"故事的热情。

其实从小学到高中，我的文学营养并不够。当时没有多少经典作品可读，我甚至连《安徒生童话》都没有读过，可我却读过《虹南作战史》。这是一部"奇怪"的书，说它奇怪，是因为如果让现代人读这部作品，也许很少有人能明白它所表现的革命题材与理想。换句话说，文学养分对一个作家来说，就是这样乱七八糟的。

幸运的是，我上高中时，改革开放了。到 20 世纪 70 年代末，有大量外国文学作品涌入中国市场；与此同时，文学创作的热情在中国社会的各个阶层、各个角落涌动着。我清楚地记得，1979 年，在我最讨厌的政治课上，我尝试着写诗。彼时，我着实没什么可表达。一个十五六岁的孩子，想要歌颂一条河流，可又没见过长江、黄河。好在我家门后有一条黑不溜秋的河，但我可不会如实写它黑不溜秋的样子，相反，我要把这条河写得充满诗情画意——要有一条船，最好还有一个少女。然而事实上，我每天坐在河边都会看见一对母女，她们两个长得都不太好看，母亲瘦瘦小小，女儿黑黑壮壮。她们做着非常不浪漫的工作，通常摇着一条船，把一个钩子伸到河底。去干吗呢？她们打捞河底的砖头，或者打捞别的东西，然后卖钱。我的诗歌当然不能写这些，我写道，"美丽的少女坐在船上"。这也是我第一次虚构自己的个人经历，即把丑的变成美的，将世俗的人生以虚构的方式改写成浪漫的抒情散文。

（摘自《书屋》2016 年第 4 期）

我的轮椅

史铁生

　　坐轮椅竟已坐到了第三十三个年头，用过的轮椅也近两位数了，这实在让人没想到。1980 年秋天，"肾衰"初发，我问过柏大夫："鄙人刑期尚余几何？"她说："阁下争取再活十年。"都是玩笑的口吻，但都明白这不是玩笑——问答就此打住，急忙转移了话题，便是证明。十年，如今已然大大超额了。

　　两腿初废时，我曾暗下决心：这辈子就在屋里看书，哪儿也不去了。可等到有一天，家人劝说着把我抬进院子，一见那青天朗照、杨柳和风，决心即刻动摇。又有同学和朋友们常来看我，带来大世界里的种种消息，心就越发活了，设想着在那久别的世界里摇着轮椅走一走，也算不得什么丑事。于是有了平生的第一辆轮椅，那是邻居朱二哥设计的。父亲捧了图纸，满城里跑着找人制作。用材是两个自行车轮、两个万向轮并数根废弃的铁窗框。母亲为它缝制了坐垫和靠背，后又求人在其两侧装上支架，撑起一面木板，书桌、饭桌乃至吧台就都齐备了。

我在一篇题为《看电影》的散文中，也说到过这辆轮椅："一夜大雪未停，事先已探知手摇车不准入场（电影院），母亲便推着那辆自制的轮椅送我去……雪花纷纷地还在飞舞，在昏黄的路灯下仿佛一群飞蛾。路上的雪冻成了一道道冰凌，母亲推得沉重，但母亲心里快乐……母亲知道我正打算写点什么，又知道我跟长影的一位导演有着通信，所以她觉得推我去看这电影是非常必要的，是件大事。怎样的大事呢？我们一起在那条快乐的雪路上跋涉时，谁也没有把握，唯朦胧地都怀着希望。"

那一辆自制的轮椅，寄托了二老多少心愿！

下一辆是丑小鸭杂志社送的，一辆正规并且做工精美的轮椅，全身的不锈钢，可折叠，可拆卸，两侧扶手下各有一金色的"福"字。这辆"福"字牌轮椅，开启了我走南闯北的历史。先是北京作协的一群哥们儿送我回了趟陕北，见了久别的"清平湾"。后又有洪峰接我去长春领了个奖；父亲年轻时在东北林区待了好些年，所以沿途的大地名听着都耳熟。马原总想把我弄到西藏去看看，我说：下了飞机就有火葬场吗？吓得他只好请我去了趟沈阳。王安忆和姚育明推着我逛淮海路，是在 1988 年。那时她们还不知道，所谓"给我妹妹挑件羊毛衫"其实是借口，那时我又一次摇进了爱情，并且至今没再摇出来。少功、建功还有何立伟等等一大群人，更是把我抬上了南海舰队的鱼雷快艇。仅于近海小试风浪，已然触到了大海的威猛——那波涛看似柔软，一旦颠簸其间，竟是石头般的坚硬。又跟着郑义兄走了一回五台山，在"佛母洞"前汽车失控，就要撞下山崖时被一块巨石挡住。大家都说"这车上必有福将"，我心说我呀，没见轮椅上那个"福"字？1996 年迈平请我去斯德哥尔摩开会。飞机缓缓降落时，我心里油然地冒出句挺有学问的话：这世界上果真是有外国呀！转年立哲又带我走了差不多半个美国，那时双肾已然怠工。我一路挣扎着看：大沙漠、大峡谷、大瀑布、大赌城……立哲是学医的，笑嘻嘻地闻一闻我的尿说："不要紧，味儿挺大，还能排毒。"

其实他心里全明白。他所以急着请我去，就是怕我一旦"透析"就去不成了。他的哲学一向是：命，干吗用的？单是为了活着？

如今我已年近花甲，手摇车是早就摇不动了，"透析"之后连一般的轮椅也用着吃力。上帝见我需要，就又把一种电动轮椅放到我眼前，临时寄存在王府井的医疗用品商店。妻子逛街时看见了，标价三万五。她找到代理商，砍价，不知跑了多少趟。两万九？两万七？两万六，不能再低啦小姐。好吧好吧。希米小姐偷着笑："你就是一分不降我也是要买的！"这东西有趣，狗见了转着圈地冲它喊，孩子见了总要问身边的大人：它怎么自己会走呢？这东西给了我真正的自由：居家可以乱窜，出门可以独自疯跑，跳舞也行，打球也行，给条坡道就能上山。舞我是从来不会跳。球呢，现在也打不好了，再说也没对手——会的嫌我烦，不会的我烦他。不过时隔三十几年我居然上了山——昆明湖畔的万寿山。

谁能想到我又上了山呢！

谁能相信，是我自己爬上了山的呢！

坐在山上，看山下的路，看那浩瀚并喧嚣着的城市，想起凡·高给提奥的信中有这样的话："实际上我们穿越大地，我们只是经历生活，""我们从遥远的地方来，到遥远的地方去……我们是地球上的朝拜者和陌生人。"

坐在山上，看远处天边的风起云涌，心里有了一句诗：嗨，希米，希米/我怕我是走错了地方呢/谁想却碰见了你——若把凡·高的那些话加在后面，差不多就是一首完整的诗了。

坐在山上，眺望地坛的方向，想那园子里"有过我的车辙的地方也都有过母亲的脚印"，想那些"又是雾罩的清晨，又是骄阳高悬的白昼……"想那些"在老柏树旁停下，在草地上在颓墙边停下，又是处处虫鸣的午后，又是鸟儿归巢的傍晚……"想我曾经的那些想："我用纸笔在报刊上碰撞开的一条路，并不就是母亲盼望我找到的那条路……母亲盼望我找到的那条路到底是什么？"

有个回答突然跳来眼前：扶轮问路。但这不仅仅是说，有个叫史铁生的家伙，扶着轮椅，在这颗星球上询问过究竟。也不只是说，史铁生——这一处陌生的地方，如今我已经弄懂了多少。更是说，譬如"经轮常转"，那"轮"与"转"明明是指示着一条无限的路途——无限的悲怆与"有情"，无限的蛮荒与惊醒……以及靠着无限的思问与祷告，去应和那存在之轮的无限之转！尼采说"要爱命运"。爱命运才是至爱的境界。"爱命运"既是爱上帝——上帝创造了无限种命运，要是你碰上的这一种不可心，你就恨他吗？"爱命运"也是爱众生——假设那一种不可心的命运轮到别人身上，你就会松一口气怎的？而凡·高所说的"经历生活"，分明是在暗示：此一处陌生的地方，不过是心魂之旅中的一处景观、一次际遇，未来的路途一样还是无限之问。

（摘自 《收获》 2008 年第 2 期）

我说我

迟子建

我生来是只"丑小鸭",因为生于冰天雪地的北极村,所以不惧寒冷。小时候喜欢犟嘴,挨过母亲的打。挨打时,我咬紧牙关不哭,以示坚强,气得母亲骂我:"让你学刘胡兰呢?"

我幼时淘气,爱往山里钻,爱往草滩钻,捉蝴蝶和蝈蝈,捅马蜂窝,钓小鱼,采山货,摘野花,贪吃贪玩。那时曾有一些问题令我想不明白:树木吃什么东西能生长?树木为什么不像人那样排出肮脏的屎尿来?鱼为什么能在水里游?鸟儿为什么能在天空飞?野花如何有姹紫嫣红的颜色?如今看来,这些问题我仍旧没想明白,可见是童心未泯,长进不大。

父亲是小学校长,在哈尔滨读的中学,在 20 世纪五六十年代人烟稀少的大兴安岭,他算是秀才了。他吹拉弹唱样样都行,喜欢喝酒,顶撞上司,清高自负,极其善良。因为喜欢曹子建的《洛神赋》,就想当然地把我的名字冠以"子建"二字,幸而我还能写点文章,否则迟家若是出了个叫"子建"

的农妇，他起的名字就成一个笑话了。父亲毛笔字写得好，在永安小镇时，每逢春节他都要铺开红纸，饱蘸笔墨书写对联。他鼓励已上初中的我编写对联，我欣然从命，有一些被他采纳后龙飞凤舞地写在纸上，贴在寒风凛冽的户外。看到贴着的对联的内容是由我胡诌的，我便沾沾自喜。那算是我最早的作品，编辑和发表者是父亲，我没有一文钱的报酬，读者只限于家人和左邻右舍。

我喜欢小动物，养过一只毛色发灰的野猫，得将它的腿缚在椅子上，否则它就乱窜乱跳，比老虎还要威猛。我还养过狗。当然，这是些有趣的收养。最无聊的是养猪养鸡，这些家畜家禽家家户户都养，没什么特点。尤其是猪，它食量惊人，我放学后不得不出去给它采菜回来炉食，把人累得头晕眼花，目的无非是让猪长膘，之后把它杀掉当成美餐分食，而食物又化成了田地的肥料，这样循环往复地一想，便觉无趣，觉得人是世界上最无聊的动物。

大自然亲切的触摸使我渐渐对文字有了兴趣。我写作的动力往往来自于它给我的感动。比如满月之夜的月光照着山林，站在户外，看着远山蓝幽幽的剪影，感受着如丝绸般光滑涌动的月光，内心会有一种湿漉漉的感觉，这时候就特别想用文字去表达这种情感。我爱飞雪，爱细雨，爱红霞漫卷的黄昏，爱冰封的河流，爱漫漫长冬的温存炉火。直到如今，大自然给了我意外的感动后，我仍会怦然心动，文思如泉涌。

我出身的家庭清贫，但充满暖意；我出生之地文化底蕴不深厚，但大自然积蓄了足够的能量给予我遐想的空间；我的祖父和父亲早逝，亲人的离去让我过早感觉到人世间的沧桑和无常。我明白一朵云聚了会散，一朵花儿开了会谢，河水总是向前流，春夏秋冬，日月更迭，周而复始。大自然的四季轮回，我们每时每刻都能感受到，让我们明白它们是万古长青的，而人生的四季戛然而止后，我们看不到人的轮回，只能用心灵去体悟、发现和领会。我渴望着年事已高时能做到"不说人间陈俗事，声声只赞白莲花"，能够在老眼昏花时达到人生真正的绚烂境界，那将是一种大喜悦、大感动。

对于生活，我觉得庸常的就是美好的。平常的日子浸润着人世间酸甜苦辣的情感，让你能尽情品咂。对于文学，我觉得应持有朴素的情感，因为生活是变幻莫测的，朴素的情感能使文学中的生活焕发出某种诗意，能使作家葆有一颗平常心和永不褪色的童心，而这些在我看来都是一个作家最应具备的素质。

记得1997年我迁入新居后，曾站在阳台上看楼下那一排排死寂的仓棚，心想若是把它们拆了，建一座花园该有多好。天遂人愿，去年那些仓棚果然被一扫而空，有人在那里修了花坛和凉亭。然而它们带给人的并不是赏心悦目的感觉，而是持之以恒的喧闹。孩子们在花坛四围奔跑嬉闹，凉亭中常有打牌人的吆喝声。最近，一个精神病患者又看上了这块风水宝地，每日拣了垃圾箱里的破布，披挂在肩上，坐在凉亭的石凳上，吃着捡来的剩饭，满面尘垢地望着往来的居民，心无旁骛地笑。楼下的小花园倒不如先前的那些仓棚能给人带来安宁和遐想了。理想与现实究竟相差多远？我想，要多远就有多远。

（摘自花城出版社《世界上所有的夜晚》一书）

黄土的儿子

王安忆

一

　　我去陕北，是和我的好朋友、上海一家杂志社的记者林华同行。像我们这些城市里生、城市里长的人，如同生活在一个再造的世界，我们对自然已经很隔膜，书本才是我们的好伙伴。

　　我们特别善于从理论上去了解生活、对待生活。我们把生活也看成是书本那样的再造的自然。

　　这其实使我们损失了许多，这损失主要在于和自然的情感。

　　我们总是通过媒介去和自然发生关系，城市里到处是这类媒介，城市本身就是一个大媒介。

　　我们的情感渐渐地变成一种形式，它来源于我们的理性认识，而不是感受。我们的头脑还不错，心却渐渐麻木。

当我们听闻陕北的贫困闭塞之时，就对路遥提出这样一个"科学大胆"的建议：为什么不把人们从黄土高坡迁徙出去？这话其实刺伤了路遥的心，他短暂地一怔，然后脸上露出温和宽容的微笑。

他说："这怎么可以？我们对这片土地是很有感情的啊！初春的时候，走在山里，满目黄土，忽然峰回路转，崖上立了一枝粉红色的桃花。这时候，眼泪就流了下来。"

后来我们目睹了崖上的桃花，它总是孤零零的一棵，枝条疏朗，那一点点粉红几乎要被汹涌澎湃的黄土颜色淹没。

黄土上方的天空显得格外蓝，似乎专为照耀这片黄土，使这荒凉更加触目惊心。

我不明白在这样荒凉苍茫的土地上，为何能迸发出如此娇嫩的粉红桃花。它好像是抽空了生命中所有纯洁如处子的情感，用尽全力，开放了花朵。

如果没有路遥的提示，我们不会注意到它。它在黄土与蓝天的浓郁背景上只是轻描淡写的一笔，但它是路遥眼中永远能触动心弦的景色。

二

我们到陕西的日子，还是作协里兴起"算命"热潮的日子。

我们的算命方式据称来自弗洛伊德，其实是一种心理测验。我们让被测验的一方快速地报出一只动物，然后报出由此动物想起的形容词，报完一只动物，再报一只，报三只为止——第一只动物的形容词是你对自己的描绘，第二只动物的则是别人对你的描绘，第三只的却是实际上的你自己。

我们看出路遥接受这项测试是出于不使我们扫兴，带有捧场的意思。

他脸上带着温和宽容的微笑，像一个听话的好学生，一一回答我们的提问，然后耐心地等待我们破译。

　　当我们说到第三个动物的形容词其实意味着实际上的自己的时候，路遥不由"哦"了一声，脸上的笑容消失，眼神变得严肃了。

　　我记得路遥第三个想到的动物是牛，他形容牛用了沉重、辛劳一类的字眼。

三

　　据说路遥在病重时流过泪，表现出不甘心的意思，这真是教人痛断肠了。

　　他在四十不惑的日子里辞世，远没抵达知天命的年岁。不惑其实是最叫人痛惜的，一切都已明澈如水，什么都骗不了他们。他们正走在通向最深哲理的路途中，走过去，便得真谛。而他们却中途夭折，这带有一种被强夺的意味，一种被生剥活扯的意味。

　　我永远忘不了我们行走在黄土沟壑里，就像行走在大地的裂缝中，崖上的桃花在遥远的天空上映下疏淡的花枝，路遥的心是如何的被激荡了。

　　我想他其实从来不是在稿纸的格子里写字，而是在黄土上，用他的心血写字。我想，用文学这两个字去命名他的劳动太过轻佻了，那其实是如"人生"一般艰辛的跋涉。

　　生命就像一场阻击战，先是祖一辈的倒下，然后是父一辈倒下，现在兄长一辈也开始倒下了。我们渐渐失去掩护，面对自然残酷的真相，有人已经呕尽心血，我们还有什么理由做游戏？

　　其实这世界原是由荒瘠的黄土凝成，绿地只是表面的装饰。这个世界上装饰越来越多，将真相深深掩盖。

　　其实，破开绿地，底下是黄土；风刮起黄土，底下还是黄土。

　　路遥，我们都是黄土的孩子。

（摘自人民文学出版社《王安忆散文》一书）

我的梦想

莫 言

　　最早发现我有一点文学才能的，是一个姓张的高个子老师。他教我们语文，是我们的班主任。他的脸上有很多粉刺，眼睛很大，脖子很长，很凶。他一瞪眼，我就想小便。有一次他在课堂上训我，我不知不觉中竟尿在教室里。他很生气，骂道："你这熊孩子，怎么能随地小便呢！"我哭着说："老师，我不是故意的……"

　　我在村里小学读三年级的时候，因为生活自理能力很差，加之上学时年龄较小，母亲给我缝的还是开裆裤。为此，常遭到同学的嘲笑。张老师到我家做家访，建议母亲给我缝上裤裆。我母亲不太情愿地接受了他的建议。缝上裤裆后，因为经常把腰带结成死疙瘩，出了不少笑话。后来，大哥把一条牙环坏了的洋腰带送我，结果出丑更多：一是，六一儿童节我在全校大会上背诵课文时掉了裤子，引得众人大哗；二是，我到办公室去给张老师交作业，那个与张老师坐对面的姓尚的女老师非要我跟她打乒乓球，一打，裤子就掉了……在我短暂的学校生活中，腰带和裤裆始终是个恼人的问题。大概是上小学四年级的时候，我写了一篇关于五一劳动节学校开运动会的作文，张老师大为赞赏。后来，我又写了许多作文，都被老师拿到课堂上念，有的被抄到学校的黑板报上，有一篇还被附近的中学拿去当作范文学习。有了这样的成绩，我的腰带和裤裆问题也就变成了一个可爱的问题。

后来我当了兵，提了干，探家时偶翻箱子，翻出了小学四年级时的作文簿，那上边有张老师用红笔写下的大段批语，很是感人。因为"文革"，我与张老师闹翻了脸。我被开除回家，碰到张老师就低头躲过，心里冷若冰霜。重读那些批语，心中很是感慨。那本作文簿被我的侄子擦了屁股，如果保留下来，没准将来还能被什么馆收购去呢。

辍学当了放牛娃后，经常会忆起作文的辉煌。村里有一个被遣返回家劳改的右派，是山东师范学院中文系的毕业生，当过中学语文教师。我们是一个生产队的，经常在一起劳动。他给我灌输了许多关于作家和小说的知识，什么神童作家初中的作文就被选进了高中教材啦，什么作家下乡自带高级水啦，什么作家读高中时就攒了稿费三万元啦，什么有一个大麻子作家坐在火车上见到他的情人在铁道边上行走，就奋不顾身地跳下去，结果把腿摔断了……他帮我编织着作家梦。

我问他："叔，只要能写出一本书，是不是就不用放牛了？"

他说："岂止是不用放牛！"然后，他就给我讲了丁玲的"一本书主义"，讲了那些名作家一天三顿吃饺子的事。大概从那时起，我就梦想着当一个作家了。别的不说，一天三顿吃饺子，实在是太诱人了。

1973 年，我跟着村里人去昌邑县挖胶莱河。冰天雪地，三个县的几十万民工集合在一起，人山人海，红旗猎猎，指挥部的高音喇叭一遍遍播放着湖南民歌《浏阳河》，那情那景真让我感到心潮澎湃。夜里，躺在地窨子里，就想写小说。

挖完河回家，脸上脱去一层皮，自觉有点脱胎换骨的意思。跟母亲要了五毛钱，去供销社买了一瓶墨水、一个笔记本，趴在炕上就开始写。书名就叫"胶莱河畔"。第一行字是黑体，引用毛泽东的话：水利是农业的命脉。第一章的回目也紧跟着有了：元宵节支部开大会，老地主阴谋断马腿。故事是这样的：元宵节那天早晨，民兵连长赵红卫吃了两个地瓜，喝了两碗红黏粥，匆匆忙忙去大队部开会，研究挖胶莱河的问题。老支书宣布开会，首先学毛主席语录，然后传达公社革委关于挖河的决定。那部小说写了不到一章就扔下了，原因早已记不清。若论我的小说处女作，这篇应该是。

后来当了兵，吃饱穿暖了，作家梦就愈做愈猖狂。1978 年，我在黄县站岗时，写了一篇《妈妈的故事》，写一个地主的女儿（妈妈）爱上了八路军的武工队长而离家出走，最后带着队伍杀回来，打死了自己当汉奸的爹，但"文革"中"妈妈"却因为家庭出身为地主，被斗而死。这篇小说寄给了《解放军文艺》，当我天天盼着稿费来了买手表时，稿子却被退了回来。后来又写了一个话剧剧本《离婚》，写与"四人帮"斗争的事，又寄给《解放军文艺》。当我盼望着稿费来了买块早想买的手表时，稿子又被退了回来。但这次编辑用钢笔给我写了退稿信，那潇洒的字体至今还在我的脑海里摇头摆尾。信的大意是：刊物版面有限，像这样的大型话剧剧本，最好能寄给出版社或是剧院。信的落款处还盖上了一个鲜红的公章。我把这封信给教导员看了，他拍着我的肩膀说："行啊，小伙子，折腾得解放军文艺社都不敢发表了！"我至今也不知道他是讽刺我还是夸奖我。后来我调到保定，为了解决提干问题，当了政治教员。因基础太差，只好天天死背教科书。文学的事就暂时放下了。一年后，我把那几本教材背熟溜了，上课不用拿讲稿了，文学梦便死灰复燃。我写了许多，专找那些地区级的小刊物投寄。终于，1981 年秋天，我的小说《春夜雨霏霏》在保定市的《莲池》发表了。

（摘自《读者》2011 年第 16 期）

怀念老陆

冯骥才

近些天常常想起老陆来。想起往日往事的那些难忘的片断，还有他那张始终是温和与宁静的脸，一如江南的水乡。

老陆是我对他的称呼。国文和王蒙则称他文夫，他们是一代人。世人分辈，文坛分代。世上一辈二十岁，文坛一代是十年。我视上一代文友如兄长，老陆是我对他一种亲热的尊称。

我和老陆一北一南很少往来，偶然在京因会议而邂逅，大家聚餐一处，老陆身坐其中，话不多，但有了他便多一份亲切。他是那种人——多年不见也不会感到半点陌生和隔膜。他不声不响坐在那里，看着从维熙逞强好胜地教导我，或是张贤亮吹嘘他的西部影城如何举世无双，从不插话，只是面含微笑地旁听。我喜欢他这种无言的笑，温和、宽厚、理解，他对这些个性大相径庭的朋友们总是抱着一种欣赏——甚至是享受。

这不能被简单地解释为"与世无争"。没有一个作家会在思想原则上做和事佬。凡是读过他的《围墙》乃至《美食家》的人，都会感受到他的笔尖里的针芒。只不过他常常是绵里藏针。我想这既源自他的天性，也来自他的小说观。他属于那种艺术性的作家，他把小说当作一种文本的和文字的艺术。高晓声和汪曾祺都是这样。他们非常讲究技巧，但不是技术的，而是艺术的和审美的。

　　一次我到无锡开会，就近去苏州拜访他。他陪我游拙政、网师诸园。一边在园中游赏，一边听他讲苏州的园林。他说，苏州园林的最高妙之处，不是玲珑剔透，极尽精美，而是曲曲折折，没有穷尽，每条曲径与回廊都不会走到头。有时你以为走到了头，但那里准有一扇小门或小窗，推开望去，又是一番风景。说到此处，他目光一闪说："就像短篇小说，一层包着一层。"我接着说："还像吃桃子，吃去桃肉，里边有个核儿，敲开核儿，又一个又白又亮又香的桃仁。"老陆听了很高兴，禁不住说："大冯，你算懂小说的。"

　　此时，眼前出现一座水边的厅堂。那里四边怪石相拥，竹树环合，水光花影投射厅内，厅中央陈放着待客的桌椅，还有一口天青色素釉的瓷缸，缸里插着一些长长短短的书轴画卷。原来每有友人来访，本园主人便邀客人在此欣赏书画。厅前悬挂一匾，写着"听松读画堂"。老陆问我，为什么写"读画"不写"看画"，画能读吗？我说，这大概与中国画讲究文学性有关。古人常说"诗画相生"或"诗是无形画，画是有形诗"。这些诗意与文学性藏在画中，不能只用眼看，还要靠读才能理解到其中的意味。老陆说，其实园林也要读。苏州园林真正的奥妙是这里边有诗意，有文学。我听到的能对苏州园林有如此彻悟的只有两位：一位是园林大师陈从周——他说苏州园林有书卷气；另一位便是老陆，他一字道出欣赏苏州园林乃至中国园林的要诀：读。

　　读，就是从文学、从诗的角度去体会园林内在的意蕴。

　　记得那天傍晚，老陆在得月楼设宴招待我。入席时我心中暗想，今儿要领略一下这位美食家的真本领究竟在哪里了。席间每一道菜都是精品，色香味俱佳，却看不出美食家有何超人的讲究。饭菜用罢，最后上来一道汤，看上去并非琼浆玉液，入口却是又清爽又鲜美，直喝得胃肠舒畅，口舌愉悦，顿时把这顿美餐提升到一个至高境界。大家连连呼好。老陆微笑着说："一桌好餐关键是最后的汤。汤不好，把前边的菜味全遮了；汤好，余味无穷。"然后目光又是一闪，好似来了灵感，瞅着我说："就像小说的结尾。"

我笑道："老陆，你的一切全和小说有关。"

于是我更明白老陆的小说缘何那般精致、透彻、含蓄和隽永。他不但善于从生活中获得写作的灵感，还长于从各种意味深长的事物里找到小说艺术的玄机。

然而生活中的老陆并不精明，甚至有点"迂"。我听到过一个关于他"迂"到极致的笑话。那是 20 世纪 80 年代中期，老陆当选中国作协副主席。据说苏州当地政府不知他这职务是什么"级别"，应该按什么"规格"对待。电话打到北京，回答很模糊，只说"相当于副省级"。这却惊动了地方，苏州还没有这么大的官儿，很快就分一座两层小楼给他，还配给他一辆小车。老陆第一次在新居接待外宾就出了笑话。那天，他用车亲自把外宾接到家来。楼门口地界窄，车子靠边，只能由一边下人，老陆坐在外边，应当先下车，但老陆出于礼貌，让客人先下车。客人在里边出不来，老陆却执意谦让，最后这位国际友人只好说声"对不起"，然后伸着长腿跨过老陆跳下车。

后来见到老陆，我向他核实这则文坛轶闻的真伪。老陆摆摆手，什么也不说，只是笑。不知这摆手，是否定这个瞎诌的玩笑，还是羞于再提那次的傻实在。

说起这摆手，我永远会记着另一件事。那是 1991 年冬天，我在上海美术馆开画展，租了一辆卡车，运满满一车画框由天津出发。车子走了一天，凌晨四时途经苏州时，司机打盹，一头扎进道边的水沟里，许多画框的玻璃破了。当时我不知道这件事，身在苏州的陆文夫却听到消息。据说在他的关照下，用拖车把我的车拉出沟，并拉到苏州一家修理厂修理，还把画框的玻璃全部配齐。这便使我三天后在上海的画展得以顺利开幕，否则便误了大事。事后我打电话给老陆，几次都没找到他。不久在北京遇到他，当面谢他，他也是伸出那瘦瘦的手摆了摆，笑了笑，什么也没说。

他的义气，他的友情，他的真切，都在这摆摆手之间了。这一摆手，把人间的客套全都挥去，只留下一片真心真意。由此我深刻地感受到他的气质。这气质正像本文开头所说的一如江南水乡的宁静、平和、清淡与明澈，还有韵味。

作家比其他艺术家更具有生养自己的地域的气质。作家往往是那一块土地的精灵。比如老舍和北京，鲁迅和绍兴，巴尔扎克和巴黎。他们的心时时感受着那块土地的欢乐与痛苦。他们的生命与土地的生命渐渐地融为一体——从精神到形象。这便使我们一想起老陆，总会在眼前晃过苏州独有的景象。于是，老陆去世那些天，我提笔作画，不觉间一连画了三四幅水墨的江南水乡。妻子看了，说你这几幅江南水乡意境很特别，静得出奇，却很灵动，似乎有一种绵绵的情味。我听了一怔，再一想，我明白了，我怀念老陆了。

（摘自《文汇报》2005 年 8 月 19 日）

王瑶先生的四次教诲

钱理群

相比学术语言的严谨、简约，王瑶先生私下的谈话是最具特色的，采取的是"王瑶式"的表达方式，充满幽默和机智，常出人意料，又入木三分，发人深省。

先生给我留下了九句印象深刻的话，首先是对我的四次教诲。

1978 年，我入学不久，他跟我说："钱理群，我知道，你已经 39 岁了，年纪很大了。你急于在学术界冒出来，我能理解你的心情。但是，我劝你要沉住气。我们北大有一个传统，叫作'后发制人'。有的学者很年轻，很快就写出文章，一举成名，但缺乏后劲，起点也就是终点，这是不足效法的。北大的传统是强调厚积薄发。"

1981 年，我研究生毕业，留校当先生助手，先生专门找我谈话："钱理群，你现在留校了，处于一个非常有利的地位。因为你在北大，这样，你的机会就会非常多，但另一方面诱惑也非常多。这个时候，你的头脑要清醒，要能抵挡住诱惑。很多人会约你写稿，要你做这样那样的有种种好处的事，你自己得想清楚，哪些文章你可以写，哪些文章你不可以写；哪些事可以做，哪些事不可以做。你要心里有数，你主要追求什么东西，就要牢牢地把握住，利用你的有利条件尽量做好，充分发挥。其他事情要抵挡住，不做或者少做，要学会拒绝。不然的话，在各种诱惑面前，你会晕头转向，看起来什么都做了、什么都得了，名声也很大，但最后算总账，你把最主要的、你真正追求的东西丢了，你会发现你实际上是一事无成，那时候就晚了，那才是真正的悲剧。要拒绝诱惑，牢牢把握自己所要的东西。"

在担任助手期间，先生对我的教诲反而不多。一次在闲聊的时候，先生突然对我说："你说人的一天有几个小时？"

当时我就蒙了，只得随口回答说："24 小时。"先生接着说："记住啊，你一天只有 24 小时。你怎么支配这 24 小时，是个大问题。你这方面花的时间多了，一定意味着另一方面花的时间就少了，有所得就必有所失，不可能样样求全。"他秃头秃脑地讲了这一句，就不再说了。

最后的教导，是王瑶先生逝世之前留下的遗训。那时形势非常紧张，大家都有点惶惶不安。先生就说："你们不要瞻前顾后，受风吹草动的影响，要沉下来做自己的学问。"

第五句话是关于他自己的选择。有一天，先生突然对我说："我现在老了，无论做什么事，都是'垂死挣扎'；什么事也不做呢，又是'坐以待毙'——与其'坐以待毙'，不如'垂死挣扎'！"

我听了却为之一震，立即联想起鲁迅《野草》里"死火"的两难：或者"烧完"，或者"冻灭"，而最后的选择也是："那我就不如烧完！"

第六句到第九句话，都是谈知识分子的。第六句话是："知识分子，他首先要有知识；其次，他是分子。所谓分子，就是有独立性，否则分子不独立，知识也会变质。"

有一次，王先生突然跟我谈起一些知识分子的表现。这是很少有的，因此，给我留下了特别深刻的印象。

王先生说，某些知识分子看起来很博学，谈古今、说中外，其实是"二道贩子"：向外国人贩卖中国货，又向中国人贩卖外国货，贩卖而已。

王先生又说，还有些知识分子，很聪明，开始时也用功，在学术上确实做出了一些成绩，取得了一定的学术地位。然后，就吃老本，不再做学问了，而是到处开会、演说、发言、表态，以求最大限度地博取名声，取得政治、经济上的好处。这就成了"社会活动家"了，却还要打着"学者"的旗号。这时候，学术就不再是学术，而成了资本了。当年的研究，不过是一种投资，现在就要获取最大的利息了。

今天的中国学术界里，这样的"二道贩子"恐怕是越来越多了。我不能不感佩王瑶先生的"毒眼"和远见，同时也时时警诫自己：不要做这样的"伪学者"。

王先生关于知识分子的第九句话，现在已经几乎是社会流行语了："不说白不说，说了也白说，白说也要说。"我记得王先生先是私下里和学生、朋友说的，后来，在政协会议上一说，就传开了。

一直到今天，人们说起知识分子的处境与选择，也总要提起这句话，王先生也确实把知识分子的尴尬、无奈和顽强坚守说透了，而且用的又是"王瑶式"的表达方式。有意思的是，今天人们提起这句名言，已经差不多忘记了其发明者是王瑶。

我给他做助手时，王先生还说："钱理群，我让你做我的助手，你知道你的工作是什么吗？现在这个时代，你要是不动，人家就把你忘了，你就负责在外面替我晃来晃去，表示王瑶的存在。"我当时非常震惊，心中悲凉，先生太聪明，看得太透。

20世纪80年代不做事的学者有两个，一个是王瑶，一个是钱钟书。

钱钟书在那时也是只整理过去的文章，新作很少。王瑶太清楚自己能做什么、不能做什么，看得太透了。他知道现代文学研究不能做得太多，不可能有大的发展，真正有作为的是古典文学研究，可是他回不去了，所以他绝望，但他还是积极有为的，体现的还是鲁迅精神：反抗绝望，看清楚一切，又知其不可为而为之。

（摘自《天津日报》2014 年 5 月 21 日）

青春打滚的季节
老 愚

　　高家学校共有五个人考上了绛帐高中。拿到录取通知书时，我心里一沉：家里还得负担我两年，更可怕的是前景未卜，谁也不知道能否考上大学。"大学"这个词充满了致命的诱惑，值得赌一把。想到有一日，自己会和这个神圣的词语连接在一起，不免心跳加速。我知道，那或许是一个梦，做完梦，再回到村里扛起锄头，跟父母一样伺候庄稼。若不甘心一辈子当农民，就学写《创业史》的柳青，猫起腰摆弄文字，兴许也能熬出模样来。

　　村里有一个叫建奇的青年，高中毕业后没有出路，便做起文学梦。人们围坐在一起打牌、下棋、说闲话，他捧一本没皮的书，在老槐树下踱步，嘴里念念有词，眼睛眯得紧紧的，白生生的槐花挂在枝叶间，沁人心脾的香味往远处飘去。有时，他也蹲在路口的照壁前，呆呆地看着日头。村里人说起他时，都会撇嘴："那娃有病哩！"

　　我慕名拜访过他。在昏黄的煤油灯下，藏在炕角的一摞文学名著熠熠生辉。他不愿借书给我，常说："你看不懂！"还随口背诵了几段名言警句，更让我挠头。我想，他已经走得很远很远了，我还是一个站在门外张望的文学儿童。

听人说，他每星期往绛帐车站跑一趟，去的时候，胳肢窝里夹着一摞稿子，一脸高傲。隔几日，邮递员就顺手把几个信封扔到大队代销店外头，广播室不久就传出"×××，取信"的呼唤声。代销店的农叔，绘声绘色地描述建奇取信的情景：铁青着脸，谁也不看，搂紧了往回窜。他用的笔名"高慕基"（模仿俄国作家高尔基），以后便成为人们叽叽喳喳的话把儿。听说公社还派人下来调查他的情况，好像查抄了他写东西的本子。后来，他母亲趁他外出，把一屋子书都塞进锅底烧了。再后来，家里给他娶了媳妇，他也安心过了几天日子。

他一贫如洗，又不会挣钱，媳妇不久便逃回娘家。最后他疯了，不知所终。

秋风吹得人发毛的季节，我要去上高中了。母亲早早烙好了一口袋锅盔，等我出门的时候，放到我的肩头。这十几个硬家伙和一小瓶咸菜，是我两个星期的食粮。母亲为我正了一下衣领，叮嘱我要小心。隐隐约约，我感到这就是离别。

大我一级的拴衡、德军几个人在村口等我，吹起口哨，几个人并排往西边呼啸而去。走到通往绛帐的公路上，我回头望了一眼家乡。绿树围拢的高家村，在夕阳下静默着。路上不见人畜的影子，离家不过二里地，我已被乡愁罩住了。忐忑迈进学校，解开行李，将被褥铺在长长的通铺上，角落早有人占了，一想到今夜就要睡在这么一小块木板上面，两边是不认识的身体，上头还有一层陌生的身体，我几乎绝望了。

学校大门两侧设有报架，陈列着京沪两地的十几种报刊。我最喜欢看的是《文汇报》《光明日报》《中国青年报》。读它们的文学副刊，能感受到沸腾诗意的生活，但那些玩意儿都在远方，眼前是死水一潭的求学：一日三餐，读写写读，偶尔从窗户缝隙间看一眼外面的鸟雀，它们自由自在的样子令我羡慕。班里有一个秀丽的高个儿女生，那是我暗恋的对象——明知不可能，也不想可能性，但因为思慕而有了意义。

一出校门，便是汹涌的高干渠，青春像一道激流，打着响旋消失在远处。高大的堤岸上，每月有一位老者叫卖一份小报——《宝鸡文学》，铅印对开小报，一碗面三分钱，少吃碗面，就有了散发油墨香的文学世界。等肚子饿得咕咕叫的时候，不免有点后悔：文学不能当饭吃啊。

黄昏时分，独自躺在河边茂密的青草上，品味铅字里的人生。不远处炊烟袅袅，大人喊孩子吃饭的声音传入耳膜，几里外的家乡也当如此，我却因为渴慕外面的世界，不得不把自己"流放"到这个孤岛上。远方到底是什么样子？我不知道，我只知道自己得往那边扑去。

家乡、亲人，正在远去，回家的路已经被什么"咯噔"一下挖断了。

（摘自《新周刊》2012 年第 13 期）

与阿城有关的日子

马　东

一

　　王朔能瞧得上的人没几个，但他曾经说："阿城，我的天，这可不是一般人。史铁生拿我和他并列，真是高抬我了。北京这地方每几十年就要有一个人成精，这几十年成精的就是阿城。我极其仰慕其人。若是下令，全国每人都必须追星，我就追阿城。"

　　阿城，原名钟阿城，1949 年清明节生在北京，祖籍重庆江津。阿城的父亲叫钟惦棐，当年从成都去了延安，新中国成立以后曾在中宣部文艺处负责电影工作。

　　阿城在家里排行老二，上边有一个哥哥，下边有两个弟弟和一个妹妹。他什么事都可以让着弟弟妹妹，唯独吃肉不行。阿城吃起肉来，眼放绿光。

那时家里穷，偶尔吃顿肉，会把一块肉平均分成5块，肉上拴线，5根线，5种颜色。肉熟了以后，大家找自己颜色的线，拎着吃。每次他吃完自己的，就开始盯着妹妹的，他总觉得妹妹一个女孩儿，肯定吃不了那块肉，应该能给他留点。

阿城的童年过得不太顺。3岁时染上了肺结核，8岁时，父亲在《文汇报》上发表了一篇《电影的锣鼓》，随后被打成右派，开除党籍，免职，行政级别从10级降到17级，被下放到渤海边的劳改农场管厕所。家里其他人留在北京，从中宣部机关宿舍被赶到振兴巷6号一个大杂院。家中拮据，有时要靠卖书维持生计。

阿城初中时去练游泳，教练说："家里供不起每天2两牛肉的，以后就不要来了。"他就没有再去，自己跑到玉渊潭去游野湖。

父亲被打成右派后，阿城做什么都没资格了——在学校被边缘化，没有尊严，只能去琉璃厂翻翻古书，看看字画儿，研究研究古玩。他反倒因祸得福，学了不少东西。阿城说他永远感谢旧书店，小时候见到的被淘汰的书真是多，古今中外的都有，虽然便宜，但他还是一本也买不起，就站着看。店里的伙计都很好，从不为难他，要是有的书搁得高了，还会帮他够下来。他的启蒙，是在旧书店完成的。

阿城在琉璃厂待得很舒服，每天混在玉、瓷器、字画儿、印章这些曾经的生活方式里，一天天长大，一天天学杂。后来他与人聊天，才逐渐意识到自己与同龄人的文化构成已经不一样了。琉璃厂是阿城的文化构成里非常重要的部分。

二

"文化大革命"开始时，阿城17岁，已然一身本领，却背着"黑五类子女"这口黑锅翻不了身。1968年，家里有门路的都留在城里了，他只能下乡，辗转去了山西、内蒙古、云南三地，前后 11 年。在山西雁北桑干河边的一个村子里，有个叫运来的高三学生，也是北京的，长得像关公。他对阿城说："像你这种出身不硬的，做人不可八面玲珑，要六面玲珑，还有两面得是刺。"这句话，阿城说他一直受用到现在。

阿城在云南插队时还是有过一些快活时光的。当年阿城身体不好，干不了粗重农活，组织便安排他到子弟学校去教书。语、数、外、体、美、劳，没有不教的。每天晚上，大伙儿都会聚到阿城的屋里，听他边抽烟边讲故事，他讲《基度山伯爵》，讲《悲惨世界》，讲《高老头》。煤油灯下，人头攒动。讲到关键处，阿城就会停下来休息，顺便吊大伙儿的胃口，这时就会有人迅速递上一支春城烟，同时再来一个人赶紧往茶缸子里倒水。一切就绪，阿城继续。

当时，阿城的女友罗丹与他同在农场教书，也是北京知青。从云南生产建设兵团回来的人，会传一些阿城的逸闻。比如他自己手工制作了一个收音机，用来听 BBC 的古典音乐广播。他一个人躺在屋子里听音乐，可以不吃不喝听上一天。阿城爱音乐远胜过文学，他曾带着 30 倍放大镜专门飞到广州，只为了在著名的淘街买一个能读取完整信息的、唱针呈椭圆形的唱头。插队时，阿城还穿越边境，到对面的山上看美国和平队放的阿波罗登月纪录片。

1979 年，阿城回到北京。刚回去时，阿城觉得街上的自行车风驰电掣，久久不敢过街。后来，他在中国图书进出口总公司谋了个活儿，随后又到公司的《世界图书》杂志当"以工代干"的美术编辑。女友罗丹 1973 年先回了北京，上了北京师范大学中文系，毕业后到北京第二外国语学院汉语教研室当了老师。罗丹一直在等阿城，经常去看他的父母。那一年，阿城的父亲钟惦棐被错划的右派得到改正，出任中国电影家协会常务理事兼书记处书记及中国电影评论学会会长，母亲也恢复了北京电影制片厂党委副书记的职务。

得知父亲被错划的右派要被改正的那天晚上，阿城以一个朋友的立场，说出一个儿子的看法："如果你今天欣喜若狂，那么这么多年就白过了。作为一个人，你已经肯定了你自己，无须别人再来判断。要是判断的权力在别人手里，他今天肯定你，明天还可以否定你。所以我认为被错划的右派得到改正只是在技术上产生便利。另外，我很感激你在政治上的变故，它使我依靠自己得到了许多面对人生的定力，虽然这么多年对你来说是残酷的。"1979 年，阿城开始帮父亲撰写《电影美学》，抽空还给北岛、芒克等人办的民间文学刊物《今天》画插图。同年，他和黄锐等人一起办"星星美展"。展览破了中国美术馆的纪录，参观人数超过 10 万人。

后来，阿城和罗丹结婚了。借了同事的一间小屋暂住，就在北京美术公司对面，是 20 世纪 60 年代修建的简易居民楼，12 平方米左右，设施简陋，生活不便，做饭得用煤油炉。写字台上方，挂着一幅阿城临摹的意大利名画。

阿城爱子，溢于言表："儿子还小，但已懂得吃他认为好的东西。他认为好的东西真是好东西，而且不便宜。可为父之心，自然希望儿子把世界上的美味都吃遍。带他去吃冰棍，3 根冰棍几分钟便被吞下去了，他眼神凄凄地望着我，哆嗦着说'还要'。我就想，等我写多了，用稿费搞一个冰棍基金会，让孩子们在伏天都能吃一点凉东西，消一身细汗。"

三

阿城写《棋王》那两天，诗人芒克正好在他家借宿。天气有点冷，阿城的小东屋紧挨马路，他们经常天没亮就被无数只羊蹄子敲马路的声音吵醒。芒克不知何故非要半夜赶羊，阿城告诉他："这是从塞外赶来的羊，专供北京人吃的，正直奔屠宰场。也只有这段时间才放这些羊进城，因为不影响交通。你瞧瞧人有多坏，要吃人家吧，还让人家大老远地自个儿把肉给背来。"说完转身又睡了。

1984 年 7 月，阿城的小说《棋王》发表在《上海文学》7 月号上，瞬间引爆全国。阿城的小东屋每天人来人往,他在那里接待全国各地各路文学刊物前来求稿的编辑。有时一天能来好几拨,一拨能来好几次,几天光景竟喝掉5斤茶叶。

作家止庵感慨道:"阿城是第一个让我感到中文之美的作家。""大象公会"创始人黄章晋说:"阿城的文字在我读过的中国作家的文字中最为简省、凝练,我认为克制是一种了不起的境界。因此,王朔、冯唐与阿城中间隔着一条宽阔的长安街,而且还没有斑马线。"陈丹青说得最明了:"阿城是'作家里的作家'。"

1985年,阿城已经从单位辞职了,和朋友一起办了一个公司,一通折腾,也没赚到什么钱。那两年,阿城又写了一些小说:《树王》给了《中国作家》,《孩子王》发在《人民文学》上,还有一些短篇,散乱地给了一些杂志,后来收在《遍地风流》里。他计划要写8个王,《棋王》《树王》《孩子王》《拳王》《车王》《钻王》等,都是写知青题材和农场生活的。他爸更是平添一趣,连小说集的名字都起好了,八王倒置,就叫"王八集"。阿城后来把《车王》写出来了,投给了《钟山》,没想到居然在邮寄过程中寄丢了,导致至今都没人见过车王的轱辘长什么样。

再后来一个阶段,阿城的创作好像已经变成了慈善写作。他给一些地方小刊物投一些别处都不易看到的稿子。他说,一个短篇可以让一个借用编辑从县城调到省城,让他们夫妻团圆,成全好事。

这个时期,阿城就已经向朋友表述过他对文学的腻烦了。阿城认为文学只是一种适合偶尔为之的生存手段,他说他靠手艺吃饭,靠手艺吃饭的人不能把自己钉在一个固定的点上累死。

"三王"陆续发表后,来阿城小屋的人就更多了。阿城最喜欢吃面条,自己在家几乎顿顿吃面,主要是挂面。朋友们经常见他托着一斤挂面满面春风地大步进院。全国各地的人都向阿城奔来,阿城以面待客,最高创下一天下面16次的纪录。有时他离家几天,会在自家窗上留字:"出门了,几日后回来，钥匙和挂面在老地方。"

这种热闹阿城其实并不喜欢，他插队回京后一直不适应。后来，有记者采访阿城，觉得当时《棋王》那么轰动，他在中国可以活得很好。阿城完全不这么看："靠那本书其实养活不了自己。作家是一回事，出书是一回事，能不能用它养自己，那是另外一回事。畅销书作家和作家是两个概念。畅销书作家是有钱人的概念，作家是要饭的概念。不能把作家两个字印在名片上，因为那样对别人很不礼貌，那意思就是：我是要饭的。"

（摘自《读者》2017 年第 20 期）

面对人，我们都还幼稚

贾樟柯

小学三年级的时候，班主任交给我一项任务，让我每天早上去教室生炉子。

这不是一项被委以重任的工作，而是一份惩罚。年代久远，我已经无法回忆起到底是因为上课时做小动作，还是因为某一次打架。有一次语文老师在课堂上说我长得像猴子，我不依不饶一直跟她对骂："你才像猴子呢！"从课堂跟到教研室，从教研室跟到她家。那是 20 世纪 80 年代初，我们这些小孩子也继承了社会上的造反精神。或许因为一记事起我们就在社会上跑，父母把我们散养在大街上，我们的胆量和自尊心都超强。

每年十一月，山西进入漫长的冬季。晨读早上六点开始，我每天早上五点半前要到学校，在同学们到来之前生好火。教室的前部、后部分别有两个大铁炉。我要去找柴，取煤，揉一团报纸燃起火。考验我的并不是生火技术，对在山西长大的孩子来说，这是从小必须练就的基本技能。

　　让我畏惧的是冬天清晨五点多的黑暗，还有县城的寂静。从我家辘轳把街出来，要穿过漫长的三隍庙街，经过黑漆漆的天主堂，才能到达零星有几盏路灯的县城主街。

　　到底是孩子，还是有怕的东西。

　　每天早上，起床穿好衣服站在院子里准备出门的时候，我脑子里闪过的都是各种鬼怪故事。我攥紧拳头，迈步进入黑暗，视觉和听觉处在高度紧张之中：我做好了随时邂逅无头女鬼的打算，也有突然要和吊死鬼搏斗的心理预案。

　　走到县城主街才会稍微放松一下，我开始对县城清晨的秩序着迷：你会看见一男一女在路边等长途汽车，他们要搭开往太原的最早一班车，你知道他们快要结婚了，这一定是去省城买东西；也能看到监狱里的公安队伍，狱警们一大早荷枪实弹在县城的街道上拉练；也能看到下夜班的工人，他们从西门的大坡上骑自行车下来，风驰电掣地回到他们的床铺。

　　他们与我擦身而过，没有人留意他们的出现帮助了一个恐惧的孩子。我注视着他们，站在太阳升起之前的马路边，站在我的城池里，他们成为我的世界，我的主人公。

　　我上的实验小学过去是狄公庙。狄青是山西汾阳人，所以县城会有这样一座老庙。高年级同学常绘声绘色地给我们讲，有人有一天早上在体育器材室看到了三个穿白衣的鬼在半空中飘动。也有人会给我们讲，有人一天晚上在教工灶上，看到了穿着古代衣服的一家人。

　　当我推开学校厚厚的大门（也就是厚厚的庙门）进入校园的时候，又恢复到了紧张的状态。学校里一片黑暗，我找钥匙打开教室的门，然后点着蜡烛。当蜡烛的灯光燃起的时候，我迅速用目光搜索教室的每个角落，发现安全无恙才慢慢放下心来。

　　我去煤堆取煤，回到教室开始生火。当两个炉膛里跳跃起红色的火焰时，我要把所有的窗户打开，拿一个作业本把弥漫在教室里的烟扇出去。离同学们到来还有一段时间，我会拿起粉笔，在教室后面的黑板上漫无目的地画些图案。这块黑板记录了我的心情。

我会在第一个同学到来之时把这些图案从黑板上擦掉。

但，那一片深邃的黑暗，连同冬天刺骨的寒冷；屋檐下的冰凌，连同手上裂开的口子；天边出现的第一抹亮光，连同嘴角突然尝到的一丝咸味——才发现自己已经流下眼泪，这些没有人可以从我的心头抹去。

上初中的时候，班里出黑板报的工作正式落在了我的头上。从设计版式、报头到编辑内容，都是我一个人包办。找报纸杂志抄写一篇散文、一首诗，再写一些时事新闻，内容很容易填满整个黑板。但用今天的话讲，叫流量很差——同学们不太在意我写的这些东西。班主任跟我谈话，让我出一些能够吸引同学的内容。

想来想去，我准备增加智力测验的内容，有谜面就有谜底，这样增加与读者的互动，不愁他们不看黑板报。

20 世纪 80 年代非常流行智力测验，人才匮乏的国度急需寻找一些天才。记得上小学时有一天上课，突然从外面进来一群成年人。我的心跳了一下，以为又是来打预防针的。我从小怕打针，一看这个阵仗肌肉就已经紧张起来。但进来的人是县教育局和体委的，他们来寻找神童。

办法是在纸上写一个字放进信封，让我们每个同学用耳朵听，然后猜里边写的是什么字。据说在外省，发现了好多可以用耳测字的灵异少年。但测试下来，我们整个班都没有这样的人才。不过这突如其来的造访让我们四十五分钟的课程缩短了很多，在枯燥的课堂上，这像是一个节目。

出谜语和智力测验题，一直是我在黑板报这一旧媒体时代最常使用的互动手段。到了高中，因为我们中学是省重点，所以国家给每个学生每个月一块钱的班费。班主任说，不如每天在黑板上出一个谜语，让同学们猜一猜，这样可以拿班费给猜出来的同学买奖品。

有一天又出黑板报，我发现自己毫无准备，忘了找一个现成的谜语。那时有一首叫《阿里巴巴》的歌风靡全国已经很多年了，我突然想到一个恶作剧，出了一个根本没有谜底的谜语叫"阿里巴巴吃苹果"。

写完想了想，又写下：打一成语。

同学们围拢在黑板前，皱着眉头互相探讨着"阿里巴巴吃苹果"到底是什么意思。要好的同学把我拉到墙角，让我透露谜底是什么。我笑而不答，也无从讲起。

这道谜语成为一个悬案，伴随了同学们的高中生活。

大四那年，我买了第一部手机，是摩托罗拉的。随后，手机那样深刻地介入到我们的生活中，我们都未曾预料。随着苹果手机的普及，我的很多同学也成为"苹果教"的信徒，在聚会的时候会谈起"苹果"，谈起乔布斯。

前几年同学聚会，有人突然想起了我出过的谜语。他说："'阿里巴巴吃苹果'，你难道觉得马云的阿里巴巴动了吃掉苹果公司的心？原来你一早就预见到了。"他们又开始追问我谜底究竟是什么，我还是笑而不语。

大家其实早已知道这只是个恶作剧，但荒诞的是，时代会为这个不值一提的玩笑，提供一个严肃的答案。

我还是会想起小时候的恐惧，虽然现在每一部手机上都已经有了强光手电。初中的时候和父亲提起小学时的经历，父亲问我："你是怕人还是怕鬼？"我说："我打过很多架，见过很多坏人，所以我不怕人，怕鬼。"父亲笑笑，第二天给我买了一套《聊斋志异》。看完后，我不怕鬼了。

我没见过鬼，坏人这些年倒是"日新月异"了。这当然超出了一个孩子的见识。面对人，我们都还幼稚。

（摘自《读者》2016 年第 19 期）

青春即兴小品
肖复兴

　　老钟是我少年时期的偶像，我最初对文学的爱好，可以说相当一部分是缘于老钟。那时候，老钟爱好朗诵，常常会模仿当时颇为流行的"星期天朗诵会"上的演员，朗诵一些朗诵诗，比如张万舒的《黄山松》、闻捷的《我思念北京》、贺敬之的《西去列车的窗口》。

　　老钟读高三的时候，我读初一。那一年开春，每次在我们大院里见到他的时候，他的嘴里都含着东西，和他说话时，他的声音含含混混的。我问他嘴里有什么东西，他吐出来给我看，告诉我是喉片。那时候，我从来没吃过这玩意儿，奇怪地问他吃这玩意儿干吗，又不是什么糖。他告诉我吃喉片可以保护嗓子，我才知道，老钟要考北京电影学院表演系，要好好用嗓子正儿八经地给考官朗诵他常朗诵的朗诵诗。

　　老钟考电影学院，准备得很认真。初试通过了，这让他扬眉吐气。复试，需要面试，我看得出他很兴奋，也很紧张，但充满希望。面试那天，老钟把白己打扮得油光水滑，换了件干干净净的白衬衫，早早地就骑着他爸那辆飞鸽牌自行车，去了北太平庄外的电影学院。

那一天上课，我总是有些走神，心里想着老钟的面试会是一种什么样子，总觉得挺新鲜、神秘的。下午放学回家，见到他，我问他考得怎么样，他眉毛一扬，说"没得说"！我又问这么有把握，他眉毛又一扬，说："老钟我这点儿自信还是有的。"

他告诉我，面试是先要他朗诵一段自选的篇目，他朗诵了《林海雪原》中攻打奶头山的一段。他对这一段轻车熟路，背得滚瓜烂熟，获得了考官的好评，这从考官的面目表情就看得出来。接着，考官把桌子上的一个墨水瓶递给他，让他以这个墨水瓶为小道具，表演一个即兴小品。这是面试的重头戏。

"我先朗诵了一段陈然的《我的自白书》。朗诵完'为人进出的门紧关着，为狗爬出的洞敞开着。一个声音高叫着：爬出来呀，给你自由！……'这样一段有针对性的台词，我的双眼紧盯着前面坐的那一排考官，停顿了好半天。你知道为什么这时候我要盯着他们停顿吗？"

我说："不知道。"

"这就是艺术了，知道中国画里的留白吗？停顿，就是留白。坐在前面的那一排考官，这时候就是那些冲着我高叫要给我自由让我从狗洞子里爬出来的人，那些渣滓洞里的坏蛋！我就有了一种现场感。你懂吗？现场感，是表演情境中最重要的，是斯坦尼斯拉夫斯基学说里最重要的。"

听着他对我的这番慷慨陈词，我知道他还沉浸在白天的面试里呢。我听得有些云山雾罩的。"那你总不能朗诵完这首诗就齐活了吧？考官给你的那个墨水瓶呢？"我催问他，这是考试关键的地方。

他瞅了我一眼，颇为得意地说："这就吃功夫喽，道具不论大小，得用得恰到好处，秤砣虽小压千斤，知道吗？我用这墨水瓶里的墨水写好我的自白书，临时把这首诗最后一句改了一下，朗诵到'让我把这活棺材和你们一起烧掉'的同时，我把手里的墨水瓶朝那帮考官使劲儿地扔了过去。那帮考官都愣在那里了。"

尽管我非常佩服老钟在面试考场上这样出色的即兴表演。但是，最终老钟没有考上电影学院。事后，我安慰他，是那帮考官没眼光。他却说："还是那个墨水瓶让我倒的霉。我没有处理好！毕竟墨水把人家考官的白衬衫都给染了。"

第二年，老钟不甘心，接着考电影学院。这一次，成绩还不如上次，名落孙山，连复试都没挤进去。因为考电影学院耽误了高考，老钟最终没能上得了大学。接连两次的失败，让老钟很沮丧，有点儿灰头土脸，常受他爸的数落。那时候，高中毕业没有考上大学的人，档案都归在街道，等待着分配工作。

第二年秋天要开学之前，街道办事处帮助老钟找到了工作，到我们大院附近的一所小学当老师，教语文。他挺喜欢当老师的。在课堂上，朗读课文是他的长项，也是他最喜欢的，同时，也最受学生的欢迎，成了学校的一绝。

我们大院有在那所小学上学的孩子，回来以后对我绘声绘色地讲起老钟的时候，我看见站在旁边的老钟的父母脸上笑容绽放。

三年过后，我高三毕业，考中央戏剧学院表演系。初试过关，复试之前，找老钟求教。老钟对我说："面试中即兴小品是关键，一定要认真对待，我的教训要记取，千万别大意失荆州！"考试那天结束回家，老远就看见老钟站在我们大院的大门口等我呢。看得出，他比我还要紧张。那天夕阳辉映下的老钟的身影，常让我想起，像是一幅画，垂挂在我的也是老钟的青春记忆里。

（摘自《北京日报》2016 年 5 月 26 日）

我们那个年代的"文艺范儿"

闫　红

　　二十多年前的一个夏天，小姨带我和弟弟去溜冰场。溜冰场的管理员是个二十来岁的男青年，他通过自己的办法，和我同样年轻的小姨搭讪上了。在最初几句言不及义的对白之后，他们迅速把话题转向了文学，这个年轻人告诉我小姨，他刚刚给小城的报纸副刊投了一首诗，正在等待编辑的回复。

　　我说了，这个年轻人是溜冰场的管理员，在那个科技不甚发达的年代里，他负责用肉眼辨识溜冰场上像鱼一样飞快地游弋着的人们，哪些人游玩的时间已经超过了门票规定的一小时，并且上前把他们驱逐出去。这身份使得他无法不显得粗暴。尽管如此，听着他和我小姨大谈文学尤其是诗歌，还说他在上海旅游时试图去拜访巴金，我都没有丝毫违和感。

　　在我们那个年代，谈文学的人不古怪，不谈文学的人才古怪，征婚启事上都要标注一句"喜爱文学"，否则就无法引发美好的想象，我见到有人还细化到"热爱李商隐"。

我爸妈要看每一期的《收获》《小说月报》和《人民文学》，在饭桌上谈王蒙和张贤亮，后来他们又喜欢上了余华。邻居家上高中的哥哥和上大学的姐姐更热衷于谈论朦胧诗，北岛、顾城和舒婷，他们家有一本封皮黑乎乎因此显得特别朦胧的《朦胧诗选》，我借回家抄了很多首，现在还能记得其中的很多句子："告诉你吧，世界，我不相信，纵使你脚下有一千名挑战者，那就把我算作第一千零一名。"不得不还回去时，我无限惆怅。

有一天，我的堂哥来我家，带来他的一个朋友，那是个和他一样二十几岁的年轻人，在本市电力局工作。这个朋友听了我对《朦胧诗选》的向往后，说，他正好有一本，我可以到他们单位去取，他给我写了一个电话号码。

我将这视为来自成人世界的邀约，那时距离溜冰场遭遇诗人又有几年了，我已经长成一个十四五岁的少女，对成年人的世界充满了探头探脑的好奇，认为他们一定在经历着一种更丰富、更有意思的生活，但跟我父母又不同。如今我收到的这个邀约，还和诗歌联系在一起，我暗自惊心动魄。我终于在做足心理准备之后，拨通了那个号码。

一个声音甜美的女人告诉我那人不在，又愉悦地追问我是谁，我只好说，我是他妹妹。她笑吟吟地（隔着电话也能感觉到）说："我没听说他有个妹妹。"我无言以对，默默挂了电话。

我猜，这个女子一定是在爱慕着那个拥有诗集的年轻人，她心里很有把握，但还是对陌生来电有着温和的戒心，我猜想她性格斯文，长相和声音一样甜美，这可能是 20 世纪 90 年代初的办公室恋情，祝愿他们终成眷属。

啰里啰唆地说这么多，就是想让你感受一下 20 世纪 80 年代末到 90 年代初的文艺气氛，我突然很怀念它。

在如今这个"小时代"里，美丑冷暖，文艺不文艺，都是没有意义的，似乎，人们被分成两个阶层，有钱的与没钱的。人们的眼睛都像是自带二维码扫描，看一眼，就能够把你归类。

电影里还在演屌丝和公主的爱情，你知道它真的只是在"演"，假如说在当年诗歌可以装饰煞有介事的灵魂，现如今早已唾弃了它的人们，选用名牌服饰装饰自己的周身。文艺范儿的安妮宝贝，也会让她笔下的男人穿价格不菲的白色衬衫，住开满鲜花的别墅，给未婚妻送黄金龙凤镯。在文艺女青年那里，文艺范儿还是一份提升身价的嫁妆。

我因此觉得我在铁艺店里遇到的那个小老板有一种英雄气质。那是在四年前，我要安装几个铁艺窗户，随便走进其中一家，老板是个四十岁左右的中年人，不高、微胖，与我在装修过程中碰到的其他小老板唯一的差别是，他的桌子上放着一本《红楼梦学刊》。

作为一个"选择困难症"患者，我没法当即决定是不是在这家买，看了几眼，就离开了。下次我再来，看见老板在翻读张爱玲的《红楼梦魇》。若是在我们那个年代，我也许立即就会和他展开关于《红楼梦》的讨论，但当时，我只是继续跟他谈价钱，确定款式。付定金的时候，我需要在他的本子上写下我的名字和电话号码，他抬头看看我，说："你是不是写过一本书，叫《误读红楼》？"

我承认了，彼此却也没有别的话说，他优惠了一百块，这是在这个时代里，红迷之间比较合适的一种致意了。

窗户装完之后我们再也没有联系过，我有时开车会路过他的小店。他让我想起老作家刘斯奋说过的一个典故，说是在古代，有个小老板跟他的同伴说，他要快点收摊，好赶得上去雨花台看落日。我不想用"文艺范儿"这种词来形容这类人，他们给我的感觉，都像是一座房子，面积不大，装修简朴，但窗明几净，玻璃杯中插有清晨带露采下的玉兰和栀子，看得出，是被认真收拾对待的居处。

每个人的生活，都像是一座房子，有的占地面积大，有的仅能容身立足，但不见得只有大的才值得花心思，小的居处，同样应该被认真对待。毕竟人生无法重来，日子是你自己的，不管是大还是小，都值得放进足够的美、浪漫和温暖，这些应该是能够超越金钱的事物。

（摘自《新快报》2014 年 9 月 6 日）

和一个图书馆恋爱

赵 瑜

我是在一所师专念的大学，中文系。那时我写诗，热情而用力地活着。

仿佛除了菊花，那座城市值得歌颂的事物并不多。而我却有用不完的词语，将一个又一个夜晚拉长，填写在方格稿纸里。

那时候我开始发表作品，也喜欢过几个女生。最好笑的是，有一次，我在一个女生面前，故意将一份诗稿丢下。我大约盼望这样的情景出现：那个女生捡起诗稿，被跳跃而抒情的词语感动。然而，那个女生根本就没有看到我的那首诗。那份诗稿的结局是被清洁工扫入了垃圾箱还是被一场大雨淋湿，已经无从考证。但可以肯定的是，我的诗句对于我所渴望的爱恋无益。这让我稍稍清醒。我大约停止写诗很久，以示对某种幼稚生活的祭奠。

不久后，我便有了新的爱好——去图书馆打发夜晚。那真是一个好去处，我很快便发现了自己喜欢的书目。那些书并不在一起，有的在角落里，有的在灰尘里，还有的呢，竟然在对面女生的手里。于是知道了她的名字。

喜欢是一种感觉，有时候像纸上的字一样，不易保存，且容易模糊。现在想来，已经记不清喜欢那个女孩子什么了。但我开始天天看她阅读的书目。在一个又一个架子上挨个儿翻书，看到借书卡上有她的名字，便取下来看。

她喜欢张爱玲，我便也看完了张爱玲的所有小说。仿佛还不止是小说，还有张氏的传记。她也看得颇有兴致，我记得她是做读书笔记的。我坐在她对面，也完全模仿她的样子，抄张爱玲的书，有些字句，至今仍然印象深刻。

跟着借书卡上她的名字，我阅读了萧红的书，石评梅的书，庐隐的书。还有呢，我发现她仿佛喜欢看一些名人的情书，徐志摩的情书，卡夫卡的情书，仿佛还有托尔斯泰的。

那些情书也真的好，我几乎被那些情书里色彩浓郁的句子征服了。在一个笔记本里，我抄下了徐志摩发的誓言，我相信这个世界上，没有哪个女人能躲得过如此甜蜜的箭。果然，陆小曼被射中了。

大约有一个学期的时间，我一直在看那个女生的书目。直到有一天，我在校报上写了一篇文章，名字很有情书的味道，叫作"××的书目"。我像是一个热爱跟踪拍摄的记录者，用文字记下了她的阅读路径：我是如何发现她的，如何在她的书目里找到另一个自己的……

总之，她的书目像潮水一样，一点点浸湿我。整整一个学期，我一直跟着她阅读。我在相同的书目里发现了自己的喜好。到最后，我所阅读过的那些面孔都模糊了，只记得张爱玲低到尘埃里的模样，以及她灰暗苍凉的手势。

我多么希望她能看到校报上我的文章，然后找到我，和我就着月光谈论张氏的爱情，或者在图书馆里静坐，用纸条传递独属于我们的青涩。

然而，一切都庸常，甚至叫人失望。她仿佛并没有看到那篇文章，或者看到了，却并没有理会我。大约是不屑，或者她已经有了倾吐内心隐秘的地址。我跟踪过她，她高我一届，转眼便毕业，从图书馆里消失了。

后来，我喜欢上图书馆的一个位置，固定地坐在那里。我还喜欢在不同的借书卡上写下我的名字。我甚至幻想着，有一天，也会有一个女孩，循着我的阅读书目，一步步追上我，对我说：噢，我现在走到李渔的《十二楼》了，你等等我。

那时候天总是很蓝，日子总过得太慢。我呢，在一座图书馆里往一张张稿纸的格子里写下阅读的感受。那是我向着今天奔跑的起点，几乎每一天晚上，我都在和这座图书馆恋爱。现在想来，那场恋爱多么美好，它差不多滋养了我的一生。

（摘自《读者》2010 年第 22 期）

朴实宽厚如黄土大地

李　军

　　我一生没做过见不得人的事。凡是怕人知道的事情就不做，应
该做的事就不怕人知道，甚或知道的人越多越显得这事该做……

——陈忠实

　　1981 年春天，《长安》杂志搞了一次业余作者座谈会。因为发表过几首
小诗，我应邀参加。当时陈忠实也是业余作者，坐在我对面的长条凳上。在
众多的业余作者中，他看上去是最年长的，实际上当时他还不到 40 岁。他
沧桑的脸上皱纹纵横交错，一双深邃的眼睛炯炯有神。我起初以为他是一位
农民作者，我旁边的一位朋友介绍说："那位老兄叫陈忠实，发表过短篇小
说。"在当时的西安文学圈，发过小说的业余作者多如牛毛，所以当时的陈
忠实不算有名。编辑老师们在谈文学创作的时候，有很多作者提问题，大家
交流得十分热烈。陈忠实始终没有说话，腿上放了一个黄书包，一直不停地

在做笔记，态度非常认真、虔诚，那神情很像一个正在记账的生产队会计。中午，编辑部招呼大家在一个大排档吃粉汤羊血泡馍。因为人多，里边坐不下，我们一人端一碗在路边蹲着吃，一片吸溜吸溜声。不知是谁说了声："这咋好像是进了养猪圈！"惹得好几个人笑喷了出来。大家的吃相不好，但吃得都很香。当时的主编是诗人子页，贾平凹是小说组的编辑，他们算是这个活动的组织者，所以不停地招呼大家，一碗不够再整一碗。那个年代，吃一碗粉汤羊血泡馍就和过年一样，大家吃得神采奕奕。其间几个业余作者高谈阔论，陈忠实依然沉默不语，斜挎一个黄书包，蹲在路边很专注地吃着泡馍。大家都叫他忠实，从和大家断断续续的交谈中我才知道，他当时虽然是业余作者，实际上已经是西安郊区（后改为灞桥区）文化局副局长。那是一个文学至上的年代，我们对一个作家的崇敬远远超过了官员。

第二年冬天，我听说忠实进了省作协成了专业作家。当时陕西的文学创作气氛很浓厚，经常请一些文学大家来讲课，每次听课都是人山人海。我在人民剧院听老作家萧军和刘绍棠讲课的时候还碰到过忠实，他一如既往地认真听、仔细记。当了专业作家还如此认真谦卑，可见陈忠实是一个不一般的人。20世纪80年代末，我在西安《女友》杂志社工作，因为工作上的事情，我经常往作协跑，和陕西有影响的作家们打交道也比较多，他们基本上都给我们杂志写过稿，唯有忠实例外。我与忠实常常见面，却很少聊天。我没有向他约过稿，他也没有给我们写过稿。忠实先生属于冷峻讷言的人，高兴了和你聊上几句，不高兴了理都不理你。甚至有人一句话没有说对，他一声"滚"，就直接把人家赶了出去。当时路遥、平凹的声望如日中天，京夫、高建群、杨争光的小说也频频获奖，陕军作家群气势如虹。而在一段时间里，忠实并没有什么力作问世。可以感觉到，他当时的压力应该很大。后来他就干脆住在乡下搞创作，在很多他应该出现的场合里我都没有见到他。一次我在作协开会碰到忠实，我说："最近见不到你，是不是在偷偷整什么大部头？"忠实平静地说："没有没有，就是在乡下寻个清静，读书学习呢。"依我当时对忠实有限的了解，他像一个勤劳的农夫，默默播种、精心耕耘，从不张扬，从春到夏，从夏到秋，只要到了收获的季节，一定会有金灿灿的果实。

他刚直、质朴、隐忍、坚守，在自己生活的土地上勤勤恳恳地劳作，用自己的秃笔记录着关中平原上一个又一个时代波澜壮阔的历史画卷，如同一个时代忠实的书记官。

经过两年准备、四年耕耘，1992 年，《白鹿原》悄悄问世，很多朋友，包括忠实自己也没有预料到，《白鹿原》出版后的影响力会像涨潮的海水，悄悄地来、慢慢地涨，且一浪高过一浪。20 多年来只见涨不见退，时间的潮水反而将它冲洗得更加坚实、纯粹。一次聊天时，我问陈忠实："《白鹿原》和你以往小说的风格有很大不同，当时你是咋设计结构的？"陈忠实想也没想就说："没有想啥结构，当我写下小说开始的那句话——白嘉轩后来引以为豪壮的就是娶了七房女人——我就找到了整部书的语言结构。"这样听似简单的回答，实际上包含着陈忠实精耕细作、深思熟虑的过程。

《白鹿原》的巨大成功，并没有改变陈忠实的生活轨迹，6 年呕心沥血写成的 50 万字的巨著，1.5 万元的稿费（据说后来版税又给了 8 万）也没有改变他生活的状况。他依旧抽着"雪茄"——听起来似乎"高大上"，实际上是几块钱一包被称为农民烟的工字牌卷烟。有人见了和他开玩笑说："你现在是名人了，怎么也要抽个古巴雪茄之类的。"陈忠实很认真地说："我就习惯抽这烂尿烟。"

20 多年来，《白鹿原》的电影版权经过无数次转手，倒是带给了陈忠实一笔笔比小说稿费多得多的收入。

1995 年，陈忠实当选陕西省作家协会主席，不久又当选中国作协副主席，他依然我行我素，但行政事务还是占用了他很多时间。他面冷心软，因为他的名气，找他写序、题字的人络绎不绝。很多时候，他还是磨不开面子。这些可能也是后来他再难有好作品问世的原因。听说陕西省委曾准备让他兼任省文联主席，他坚决不干，领导找他谈话说："如果任命了，就要干。"他说："如果任命了，我会让你下不了台，以后面也见不成。"

陈忠实是个唯下不唯上的人。对业余作者，他反而表现出少有的耐心，很多业余作者的信他都亲自回或者交代《延河》编辑们回。我们杂志当时搞过几次业余作者笔会，好几次他都推掉官方活动来参加我们业余作者见面会。记得他在一次会上说过："我们这一代作家能取得一些成绩，是与我们陕西老一辈作家的培养、扶持分不开的。文学需要传承，所以参加我们业余作者的活动是我义不容辞的责任。"

对上，横眉冷对权贵阶层；对下，披肝沥胆悉心回报读者。这就是生、冷、蹭、倔的陈忠实，这就是粗犷浑厚、大气磅礴的陈忠实。

2016年春节联欢晚会上，谭维维一曲高亢激昂的混搭摇滚华阴老腔《给你一点颜色》感动了不少听众。很多人也许不知道，由老腔艺人唱的歌是陈忠实为话剧《白鹿原》写的。在此再回味欣赏一下："他大舅他二舅都是他舅，高桌子低板凳都是木头。太阳圆月亮弯都在天上，男人笑女人哭都在炕上。男人下了塬，女人做了饭，男人下了种，女人生了产。娃娃一片片，都在塬上转，娃娃一片片，都在塬上转。"这段歌词借鉴了关中地区流传已久的民谣，并加入了作者对于关中农民生活场景的模拟及概括。我们可以感受到一位小说家对生活细节的超强观察力，以及他对人生深沉的感悟。

这虽然是很多年前的往事，但今天想起来依然温暖，还如昨日一般。斯人已去，音容笑貌仍存。陈忠实离世后，国家主席习近平、总理李克强等数十位中央领导，都送来了花圈并深切悼念，而普通读者对忠实先生的悼念活动更是一浪高过一浪。在悼念活动的消息不断被刷屏的过程中，我们看到千千万万读者对一个农民般的作家高贵而伟大灵魂的怀念和追忆。忠实走了，但精神不死，正如他所言："文学依然神圣！"因为他把《白鹿原》永远地留给了我们。

（摘自《读者》2016年第12期）

向古龙约稿

詹宏志

副刊主编沉吟半晌，用半命令半请求的口吻对我说："古龙那边就由你去联络，想办法一定让他给我们写稿子。"

那是三十年前的旧事了，我刚刚到报社上班，工作职位是副刊的助理编辑。不久前，这个副刊本有古龙的武侠小说连载，但他常常拖稿、断稿，加上小说不太受欢迎，主编就忍痛腰斩了连载，得罪了他。想到这次要重新约稿，觉得很尴尬，主编决定把任务交给我这个新来的小伙子。

我从主编的记事本里抄下古龙的电话号码，鼓足了勇气才拨通电话。电话接通时，我的内心还是震动了一下，因为接电话的就是作家本人，他磨了沙似的声音听起来有一种与武侠小说匹配的江湖味。他听我结结巴巴地报了名号和意图之后，沉吟一阵，才缓缓地用他富有磁性的沙哑嗓音说："我等一下会在餐厅和几位朋友吃饭，你如果有兴趣谈写稿的事，就过来聊聊吧。"

出租车穿过下班时的重重车阵，我忐忑地来到餐厅，已经迟到半个小时。我走进包厢时，桌上杯盘狼藉，晚餐显然已经进行了一段时间。包厢最里面坐着的就是古龙本人，个子虽小，却有一股气势。

古龙没有起身，比个手势要我坐下，也不问我迟到的原因。他掏出一瓶威士忌，带着意味深长的微笑，说："你知道，我们谈话是要喝酒的。"他把酒瓶推到我面前，"小朋友，喝完这瓶再谈正事。"

我当时离开乡下来到城市不久，酒也没喝过几回，看着桌上的瓶子，不知道该不该当真。古龙笑吟吟地打开酒瓶，满满倒了一杯，并举起自己的酒杯，我慌张地端起酒："古龙先生，我先敬您。"

一大口入喉，烈酒灼烧着整个口腔。"别急，先喝口水。"古龙又推了一杯开水过来，旁边的男男女女已经不可遏制地笑了起来。

"古龙先生，我先把这杯干了。"我的蛮劲也上来了，杀人不过头点地。古龙饶有兴味地看着我涨红的脸。他倒是不慌不忙，先给自己的杯子加冰块，看我干杯也不冲动，只抿了一口。

"要不要先吃点菜打个底？"古龙问。"不用。"我担心着约稿的进度和办公室里的工作，又倒满一杯，"古龙先生，我再干这一杯。"

一杯又一杯，不知不觉酒瓶见底了，我觉得该开口讲写稿的事了，便说："古龙先生……"可是发不出声音，我的嗓子好像哑了。我感到天旋地转、眼前发黑，忍不住趴在桌子上，其他人的声音也变得空洞而遥远。

迷迷糊糊中，我听见古龙说："我送你回去。"我坐在车里，浑身冒着冷汗。黑暗中，古龙开口了："你的主编是……"我点点头。"你知道我和他有过节？"我又点点头。古龙突然笑了："你知道吗？我不喜欢写稿，写稿太不好玩了。"我摇摇头，表示听不懂这句话。

下车时我还步履不稳，古龙便扶我下车。回到车里，他又摇下车窗，说："嘿，小朋友，你够意思，我给你写稿。"

车子如何开走，我如何上楼回到办公室，我都记不清了。只记得，我在楼梯间吐了一回，挣扎着回到座位上，所有同事都瞪眼看着我，包括满脸狐疑的主编。我开口向他报告，声音沙哑得和古龙一样："主编，我约到古龙的稿子了。"

（摘自复旦大学出版社《绿光往事》一书）

去享受生命中更美好的事情

吴晓波

从我个人的成长经历来说，我们国家从 1976 年到今天，变化非常大。今天我们是世界第二大经济体，整个国家处于物质文明的盛世。同时这也是一个矛盾冲突的盛世，中国的整个环境受到了破坏，更糟糕的是我们的很多秩序被破坏了，就像天津的大爆炸，好像给大家撕开了一个伤口，这是很惨痛的一个现象。

大学，最幸运的是有集中的时间学习

我出生在一个非常拮据的知识分子家庭，1986 年进入复旦大学新闻系。我们这代人少年时期的阅读非常贫乏，因为那时候我们除了考试什么也没有，看课外书会被妈妈打。我记得当时读到一本金庸的书，才知道原来文字可以写成那样子。那时候从计划经济向商品经济转型，人们的思想慢慢开始解放，存在主义和解构主义哲学进入了中国的思想界。

我觉得大学时期比较幸运的是，能够有一些比较集中的时间去学习。那时候没有互联网，就是从教室到宿舍再到图书馆。读的书多了，就形成了一个非常有趣而庞大的知识体系。

我的大学就是我的青春期，读书也影响了我的价值观。所以现在到大学去演讲，总会说其实大学时应该把青春浪费在阅读上面，浪费在认识更多人、谈恋爱上面。大学时就开始创业赚钱，我觉得其实是一件悲哀的事情。大学是一个比较好的可以"浪费"的时期，你能够接触到你想要接触的偶像，然后去问他们。

到了大三的时候我有一个机会去认识社会，我觉得那对我一生的影响非常大。因为我是在城市里长大的，就活在一个自己的小世界里，对国家所有的了解都来自于书本。那时有一个机会去用脚丈量社会，我和一个同学想到南疆考察，当时没有钱，就在报纸上发消息搞众筹，得到了一位湖南企业家的资助。

我们从上海出发，去了江西、湖南、湖北、贵州、云南、广西、福建。在湖南的一个县城，我看到当地一户农民家里有三个孩子，却只有两条裤子穿；在井冈山看到当地的泥巴房子。从那个时候起，我很少有愤怒的心态。我开始相信这个国家的进步需要各个阶层的妥协，需要渐进式地、一点一点地努力。

站在商业的视角，思想才能前进

我毕业后，很幸运地进入柳传志的公司。当时我就觉得要去企业里面看看，所以我从 1991 年开始到现在，从业 24 年，一直是在商业领域。我见过中国 20 世纪 20 年代出生的企业家，像吴仁宝，还有四五十年代出生的柳传志、王石，再到现在，很多企业家都是 80 后。我因此建立了比较宽泛的中国商业常识，看中国在那些时代用自己的方式犯一些常识性的错误，然后再改正错误。所以时间是最好的朋友，能够让你在一个宽度上去学习。

我在 1996 年的时候开始写第一本书，我对自己讲要干两件事：第一，我每年要写一本书；第二，我每年要看书。我们这代人经历过贫穷，很容易被名和利绑架，要站在商业的视角，思想才能前进。还好我是搞经济研究的，所以很早的时候就看到了国家经济发展、城市化发展、货币泡沫化。这些事情在日本发生过，在中国的台湾和香港发生过，在全世界所有的国家和地区都可能发生。

我也是慢慢找到写作方向的，就是企业案例研究，然后我慢慢培养起了自信，找到了写作的空间，到现在被定义为财经作家。2004 年的时候，我去哈佛做了 4 个月的访问学者，去做民营企业调研。那时我发现，中国本轮经济的成长在北美的学者看来非常弱势，很多经济发展、产业发展有很多误判。我想讲清楚我们自己能走过来，便以中国的企业变革为轴心来研究。我认为 1978 年以来中国经济的发展有 3 个层面：一是国有资本，一是民营资本，一是外资资本。实际上我们到今天还没有走出这 3 个层面。

王石说他总问自己两个问题，我们这代人从哪里来的？我们这代人的商业精神从哪里来的？中国人讲究传承，我们这代人的传承是什么？很长一段时间，我都找不到答案。但我认为我并没有触及中国的发展史。1978 年以后中国经济的变革并不是一个独立的事件，而是一个非常漫长的全球化背景下的工业社会发展史。我通过研究吴敬琏几十年的人生经历，看到的是 1949 年以后中国的一代经济学家怎样用自己的智慧构建命题，然后怎样自我完善、自我发展，又怎样有勇气在他们的丰满时期重新解构。

所以我用 10 年时间做了这些事，我写了激荡、跌宕、浩荡，这是我写作的一些体会。

再穷也要站在富人堆里

现在，我们用手机获取信息，很多的资讯是来自朋友圈的社交环境里。即便如此，我发现我还能写，却不知道我的读者在哪里。我找不到我的读者，我就想怎样去训练人们看书，我开始做一个自媒体的通讯平台。这个环境非常陌生，读者却非常真实，每天都会在后台看到骂我的数据，各种各样的，天天被骂，压力就会越来越大，反应越来越大。我觉得很高兴的是中国真的还有很多人跟我一样，相信商业正当前，愿意汲取很多的财经知识，让自己在商业里面驻足。

这是我这些年来做过、经历过的事情。最后有几句话跟大家分享。

第一句话，我们必须有一份不以此为生的职业。这是我在大学时就说过的，我是个人主义者，只相信个人，只相信命运掌握在自己的手中，然后让自己能够在思想和经济上集中。

第二句话，我要分享的是努力，因为我是一个功利心很重的人。

第三句话，一切改革都是从"违法"开始的。刚听说这话的时候我觉得很震撼，后来觉得因为当时都是计划经济，"违法"的行为就是改变，要改变事情的本质。所以我常常认为中国民营企业是制度经济。

再穷也要站在富人堆里。因为做商业有一点比较重要，就是要建立正确的财富状态。长期以来，中国的知识分子，或者说中国的经济阶层对金钱有一个非常不好的看法。我们说视金钱为粪土，也因为视金钱为粪土，中国五千年的文明中就免不了为富不仁、杀富济贫。如今，中国已经是全球第二大经济体，但是我们没有在公民教育中进行自我教育：人与财富怎样构成一个正当的关系？如果人一生永远纠结在财富中，是很难的。我们的老一辈都相信，再有钱还要工作，就是想要知道这辈子到底能赚多少钱。

我认为在今天这样一个全球化的商业社会中，让自己能够过上体面的中产阶级生活甚至更好的生活，是一个挺美好的事情。吃好的、穿好的，好好地旅行、享受生命，这些都是美好的事情。我不认为贫穷或者清贫是值得骄傲的事情。

大概是 30 岁以后，开始觉得人是群体动物，好朋友见一面少一面，而且好朋友越来越少。人到了成年以后结交好朋友的时间越来越少，会发现很多好朋友是中学朋友、大学朋友，工作后交朋友的成本越来越高，所以要珍惜自己的好朋友。

"我最大的错误，是没有花光所有的钱。"讲这话的是台湾作家林海音，小说《城南旧事》的作者。一个人要学会花钱，我们在学会赚钱的时候要学会花钱。

最后一句话：生命就应该浪费在美好的事物上。这句话是我讲给我女儿听的。我年轻的时候是没有资格讲这句话的，我女儿跟我不一样，她过着跟我不一样的生活。当时家里的想法是她能够考上全球排在前 100 名的大学就好，但她说喜欢流行歌曲，后来退学，考电影学院。所以我说要把生命浪费在美好的事物上，我们的后代不应该像我们一样紧张，他们可以选择自己爱好的东西。

这句话其实也是说给我自己听的，一个人大概过了中年以后应该让自己放松一下。我觉得在中国，野蛮式的财富暴发年代已经结束了，早年那一代人在商业上的束缚太大了，而我们今天这一代是完全不同的，我们应该让生命从商业当中释放出来，去享受生命中更美好的事情。

（摘自《读者》2015 年第 21 期）

我们的失败与伟大

邱 兵

1989 年春节后，我开始在《中国青年报》实习。大学三年级的实习，可以视作每一个新闻系学生职业生涯的开端。

当然，我并没有钱住旅馆和招待所，我住在北京大学我老乡的宿舍里，哪一张床空着我就睡哪一张。那个冬天我闻到过来自陕西、河北、广东、四川、云南的各种味道，偶尔我需要将两根醒宝香烟插在鼻孔里用嘴呼吸才能入睡。

每一天，去单位上班的路程都是非常漫长的。一个多小时的路程中我永远哼着同样的一首歌，那是台湾的民谣歌手马兆骏唱的《我要的不多》，他翻来覆去地唱："告诉我哦告诉我，这世界孤独的不只是我。"另一个孤单的身影每天也从北大出来坐 332 路公交车。

他叫老肖，和我一样二十一岁，但是长着一张四十一岁的脸，湖北宜昌人。他学的是经济，在一家中央大报实习。我们每天早晨一起在校门口买酸奶，在白石桥车站分手。

他第一次和我讲话是在公交车上，这家伙像地下党一样凑过来说："海子死了你知道吗？"我那时不知道海子是谁，没敢接茬。

老肖说："得空我得去一趟山海关，我要搞清楚海子看到些什么、想些什么。素材我收集了不少，不出五年，中国第一思想记者就姓肖了。"

再大的牛皮也掩盖不了思想记者老肖比我更没钱的事实。我有时会买两个肉包子吃，但他从来不买，说早晨吃不下，但是有一天我请他吃了一个，我觉得他只花了一点五秒就吃完了。

三月底的时候，发生了一件事，这件事成为新闻人老肖的终结。

那个周末老肖问我可不可以第二天陪他去一趟延庆县。

老肖的父亲患了重病，来北京求医，结果几家医院都不收，理由是治无可治。二十多年后回想起来，大概是肠癌转移到了肝部。束手无策的老肖从他老乡那里拿到了一个神医的地址，说神医救过不少无药可救的人。地址就在延庆县。第二天天还未亮，我们俩架着行动困难的肖老伯上了开往延庆县的长途车。

神医在一个民宅里坐诊。我们刚刚坐定，一个助理模样的人朝我们伸出一只张开五指的手，老肖傻乎乎地也伸出一只手准备击掌。那人面无表情地说："五十块。"

老肖有二十多块，我有三十多块。凑完钱，神医背对着我们在纸上写了什么，然后折好交给我们说："去吧。"

我们走到日光下打开那张纸，竟然只有两个字：地瓜。那天已经很晚了，我们在延庆县找了一处农民的房子住下来，一块钱一晚，有热炕。肖老伯睡下后，我们俩走到屋外说话。三月底的塞外还很冷，白杨树在黑暗中像巨人般俯视着我们。我说："要我说这神医就是个锤子。"

回到屋里时，肖老伯没有睡，他坐在炕上看着我们说："不要再吵了。我要走了。地瓜是你妈妈小时候的名字，她在喊我去陪她了。我没有什么要求，让我死在湖北老家的床上。"肖老伯父子回家的盘缠是我们几个哥们儿一起凑的。在火车站的时候，老头突然跪在地上说："下辈子我报答你们。"之后的日子，我又回到了原来的轨迹。中青报的食堂里，每天就两个菜，一荤一素，还有就是白馒头和大锅汤。我这个重庆崽儿经常会想起麻辣火锅和爆炒腰花。但是这里有很多我崇拜的新闻人，张建伟、麦天枢、卢跃刚……我每天坐在食堂的角落里，听他们咬着馒头说那些我似懂非懂的宏大叙事，日复一日，痴迷其中。

偶尔忍不住感叹，记者是多么神奇的职业，那么远的热情，让我淡忘了那么近的忧伤。

一个多月以后，我收到一张五十元的汇款单和一封寄自湖北的信。

信中说："父亲是在床上过世的，很安详。我承包了长江边的鱼塘，能挣一点钱。我要挣钱照顾妹妹，不能再读书了。当然，也做不成新闻人了。羡慕你，可以面对那么大的世界。老邱，不管你拥有多大的世界，当个正派人。"二十六年后的三月底，出版社让我为阿兰·德波顿的新书《新闻的骚动》写序。诚惶诚恐中，读到书中的一段文字。他说："查阅新闻就像把一枚海贝贴在耳边，任由全人类的咆哮将自己淹没。借由那些更为沉重和骇人的事件，我们得以将自己从琐事中抽离，让更大的命题盖过我们方寸的忧虑和疑惑。"

二十六年里，我很多次从长江尾的上海飞往长江头的重庆，忍不住透过飞机舷窗寻找那片长江边的鱼塘，还有那个在延庆和我争吵的青年的身影，还有他的思想记者的梦。每一个清晨，那个人会不会把海贝贴在他的耳边，倾听这个星球和这个国家惊心动魄的声音，让他忘记延庆县绵延的山路，和我们曾经无望的忧伤。

但是极目之中，只有那条悠远的河流，仿佛是岁月的眼泪汇成，清澈着、混沌着、奔腾着、遗忘着、燃烧着、毁灭着，长流不息。

（摘自上海译文出版社《新闻的骚动》一书）

一日早晨，喻继高先生打开窗户，有一只黑色蝴蝶飞进来，沿着他所画的粉红色茶花上下飞舞，然后落在"花"上，久久不肯离去。据传五十年前于非闇画牡丹时，也曾有蝴蝶飞来，二者当有异曲同工之妙。

20 世纪 80 年代中期，画家徐姓画了一幅《钟馗捉鬼图》，落款时先写了个"鬼"字，下面不知该如何落笔了。画家黄养辉见之，建议画题改为：鬼敢来乎？一下子化腐朽为神奇。徐姓受其启发，以后凡画钟馗，皆题为：鬼敢来乎？

书法家瓦翁生性豁达，幽默开朗。他曾为自己撰写挽联，上联为：永别了花花世界；下联是：再见吧人间天堂。

从 20 世纪 80 年代初开始，吴冠中先生在家撕画。吴冠中是名画家，社会影响大，其画作价格自然高，撕画如同撕钱。有记者戏称他这是在"烧房子"。吴冠中自己的解释是：不把有瑕疵的作品留给明天。

1970 年，林散之洗澡时不慎跌入开水池中，全身严重烫伤，幸而经抢救后，拇指、食指和中指尚能执笔，从此自号"半残老人"，又刻闲章一枚：瑶池归来。

去北京拜访李可染前夕，林散之带了一幅精品，心想：如果李可染赠我一幅，我必将此作品回赠。李可染听说林散之要来，也准备了一幅精品，揣测：假如林散之送我一幅画，我将回赠他。结果两人聊了半天，谁也没有先拿出作品，成为憾事。

亚明是名家，为人随和。求画者络绎不绝，踏破门槛。他为此撰了一副对联，上联为：党政军民来来往往；下联是：三教九流进进出出。

1987 年秋，无锡一位也叫萧平的书法作者到南京拜访萧平，并带去作品请萧平提意见。临别时，南京萧平为无锡萧平题词："我住钟山之麓，君家太湖之滨；同宗同名同道，书法祝尔日进。"

1994 年，毛焰的《持伞裸女》在江苏省美术馆展出。因为全裸，围观者众多，不得不在画的暴露部位拉上围巾。

1942 年，国立杭州艺术专科学校为毕业生编辑毕业纪念册，要求每个人画一幅自画像。吴冠中不愿随俗，他只画了自己的面部轮廓，没有五官，与众不同，非常另类。

启功在南京期间，有人带了幅署名启功的作品请他鉴定真伪。启功看后幽默地说："这字写得太好了，明显写得比我好，我写不出这么好的字。如果你们看到差的、羞于见人的字，基本上都是我写的。"

2002 年夏天，我与几位艺术家应邀拜访贾平凹，在他古朴的创作室里，发现字画润格，摘录如下："自古字画卖钱，我当然开价。去年每幅字千元，每张画千五，今年人老笔亦老，米价涨字画价也涨。一、字：斗方千元，对联千二，中堂千五。二、匾额：一字五百。三、画：斗方千五，条幅千五，中堂二千。官也罢，民也罢，男也罢，女也罢，认钱不认官，看人不看性。一手交钱一手拿货，对谁都好，对你会更好。你舍不得钱，我舍不得墨，对谁都好，对我尤甚好。生人熟人来了都是客，成交不成交请喝茶。"

1991 年，一位苏南老板来到陈大羽处，见面摔出几万块钱："你给我画只最好的鸡，有钱能使鬼推磨，我要为工程送礼。"陈大羽回答道："我的鸡留着自己'吃'呢，不卖！"事后，陈大羽跟人解释说："瞧他那气焰，好像钱能买到一切。如果给他画画，不仅败坏社会风气，我岂不也成了他的'推磨鬼'？"

傅抱石在上篆刻课时，坐在前排的女学生举手要求发言，她说："傅先生，你黑板上的字写错了。"傅抱石回头望望，果然有一个字少了一横，他尴尬地笑笑，学生们立刻哄堂大笑。原来那一横正是发言的女学生偷偷抹掉的。女学生名叫罗时慧，后来成了傅抱石的太太。

（摘自《现代快报》2014 年 11 月 10 日）

超尘脱俗的钱钟书伉俪

徐 泓

　　中国的名人谱里不乏珠联璧合的夫妇，其中大学者钱钟书与夫人杨绛，当属天设地造的结合。夏衍老曾赞叹道："这真是一对特殊的人物！"

　　北京的新闻界或许最领教他们立身处世的特殊：他们从来都是谢绝一切采访，也从不在任何会议上露面，竟蜗居书斋，杜门避嚣，专心治学，仿佛过着出世般的生活。

　　去年初冬，根据钱老小说改编的电视剧《围城》播映，又恰逢他80华诞。我原以为这两桩大事会打破他们的宁静与淡泊，至少让他们回到世间来"曝曝光"，因为太多的读者和荧屏前的观众渴望了解他们，结果却一切如故。他们逃名如逃役，还是让他们逃掉了。

　　《围城》的女导演黄蜀芹在拜会钱钟书夫妇后曾很带劲地说："做知识分子就要像他们一样！"我也深有同感。我有幸与他们有过一两次交往，止不住想写下点滴印象，记一记这对博学睿智、可敬可爱的老人。

嗜书如命

第一次走进钱宅，只觉满室书香。他们的客厅与书房合二而一了，主要空间都被书柜书桌占据着，两张老式的单人沙发挤在一隅，权且待客。

简朴的房间里最醒目的是大小书柜里站满的书籍：中文与外文、古典与现代杂陈，显示着主人中西文化的贯通。《围城》的英、俄、德、日文译本也在其中。

杨绛曾称钱老为"书痴"，其实夫妇两人均嗜书如命。记得杨绛那本《干校六记》中有这样一段话：有一次她指着菜园里玉米秸搭盖的窝棚问钱钟书："给咱们这样一个窝棚住行吗？"钱认真地想了一下说："没有书。"杨绛感慨地写道："真的，什么物质享受，全都舍得，没有书却不好过日子。"

现在他们依然在孜孜读书，乐此不疲。新的、旧的、中文的、外文的，但凡到手都要翻翻看看。好在供他们阅读的书，如富人"命中的禄食"那样丰足，会从各方面源源供应，外文书刊也从未断炊。只要手中有点外汇，他们就张罗着买书，国外出版社的稿酬，他们一般不取现金，而是开出书单子，请对方实物支付。

除了书柜，屋里必不可少的还有书桌。一横一竖两张旧书桌，大的面西，是钱钟书的；小的临窗向南的，是杨绛的。

"为什么一大一小不一样呢？"我问。

"他的名气大，当然用大的，我的名气小，只好用小的！"杨绛回答。

钱老马上抗议："这样说好像我在搞大男子主义，是因为我的东西多！"

杨绛笑吟吟地改口："对，对，他的来往信件比我多，需要用大书桌。"我看到钱老的案头确实堆满信札和文稿。他坐在桌旁，举着毛笔告诉我："每天要回数封信，都是叩头道歉，谢绝来访。"

复信几乎成了他俩每日都要做的功课。络绎不绝的来信，有相识的，也有从未谋面的人写的。钱老惯用毛笔，杨绛则持钢笔。杨说："他复得快，我复得慢。"钱老写客套信从不起草，提起笔一挥而就，如果是八行笺，几次抬头，写来恰好八行，一行不多，一行不少。这般功夫据说还是他父亲训练出来的，想当年他的额头上为此挨过不少"爆栗子"呢！

淡泊名利

对身外之物，他们看得很淡泊。《围城》被拍成电视连续剧后，电视台付给原著者万余元稿酬，钱老执意不收。国内 18 家省级电视台联合拍摄《当代中华文化名人录》，钱老被列入第一批的 36 人中，他也婉言谢绝了。当得知被拍摄者会有一笔酬金时，钱老莞尔一笑："我都姓了一辈子钱，难道还迷信钱吗？"

至于在当今滚滚红尘中世人所热衷营求的许多东西，他们都淡然置之。杨绛说："我无名无位活到老，活得很自在。"这几年他们谢绝了众多的国外邀请。她说，她和钟书已打定主意，今后哪儿也不去，就在家里看书写字，很惬意的日子么？她风趣地补充了一句："我们好像老红木家具，搬一搬就要散架了。"

即使国内的活动，他们也极少露面。钱老从不参加任何会议是出了名的，对雨后春笋般冒出的各种学会他也一律谢绝挂名，杨绛因翻译《唐·吉诃德》而获西班牙政府颁发的大奖，西班牙驻华使馆请她，第一任大使邀请，她谢绝了；第二任大使送来正式的书面邀请，她正式地书面谢绝了；第三任大使通过原社科院院长马洪去请，她才赖不掉了。钱老不无得意地告诉我："三个大使才请动她！"

他俩也从不做寿。去年 11 月钱老八旬初度，家中的电话一度闹翻了天。学士通人，亲朋好友，机关团体，纷纷要给他祝寿。他所在的中国社会科学院还准备为他开一个纪念会或学术讨论全，但钱老一律坚辞。对这类活动，他早已有言在先："不必花些不明不白的钱，找些不三不四的人，说些不痛不痒的话。"

我因不知钱老的生日是这个月里的哪一天，曾向钱宅打过一次电话。杨绛诙谐地回答我："没有那一天啦！"她接着连连诉苦："我整天为他挡事、挡客，人家说我像挡路狗。有些人真没办法，事先不通知，敲门就进来；我们在外边散步，他们就来捉。有时我挡了，有时我陪着，很累，干不成什么事。单位要给他过生日，我们好不容易辞掉了。"后来我看到《人民日报》海外版上发表了一篇记钱钟书先生的文字，大意是，对钱先生最好的纪念，莫过于潜心研究他的"钱学"和尊重他的自甘淡泊。此话是很有道理的。

著作等身

这几年先海外后国内，"钱学"日益受到重视。学术界公认，他壁立千仞的著作《谈艺录》《管锥篇》，使中国的文学研究发生了根本性的变化，其内容的丰富（涵盖古今）和方法的新颖（打通中西）都是前所未有的。他在40年代写的小说《围城》，重新在文坛上获得应有的地位，一再重版仍供不应求，海外学者甚至称此书是"中国近代文学中最有趣和最用心经营的小说"。

但无论钱学冷也好，热也好，钱老始终安如泰山，锲而不舍地守着他的摊子，只问耕耘，不问收获。他说："听其自然最好，经吹嘘后成为重要了，必然庸俗化。"

我听说夏衍老还有一句名言："你们捧钟书，我捧杨绛！"杨绛确实可与她的丈夫并驾齐驱。她青年时代就是才女，从欧洲留学归来，先以写剧作脱颖而出，后以翻译家成名。她精通英文、法文，1958年又自学西班牙文。两大卷的世界名著《唐·吉诃德》的中译本，就是她从西班牙文直接翻译过来的。她还擅长写散文，《干校六记》获全国散文一等奖。我极喜欢她的文笔：清如水，明若镜，看似平淡却奇崛。也难忘她那生动的调侃自己的幽默感，从中能体验到一位可敬的知识女性在动乱的年月里，以冷峻对狂热，以不变应万变的风骨。

杨绛也写小说。两年前她 18 万字的《洗澡》问世，我曾采访过她。我觉得《洗澡》好像《围城》的姊妹篇，有同样的幽默隽永，机巧犀利，同样是一本耐读的学者小说，只不过更多了一些女性的细腻和宽容。此书已在香港、台湾出版，并有了法文译本。

钱老写《围城》时，杨绛曾甘做"灶下婢"，包揽了劈柴生火烧饭洗衣等家务。两年里钱"锱铢积累"地写，杨"锱铢积累"地读，读完后夫妇相视大笑。我好奇地问杨绛："那么你写小说，也是一段段地让钱老读吗?"她摇摇头："不，我总是全部写完才给他看，他说好，就算完成了；他说不好，我就扔下了。"我暗暗地想，"扔下的"大约屈指可数吧！

杨绛已出版的《干校六记》《将饮茶》《洗澡》等集子都由钱老题签，他还为《干校六记》作了序。我也曾问过"为什么不给《洗澡》写序呢?"他说："《干校六记》写出来，可能要得罪一些人，我写个序，替她分担一半责任，何况她确实少写了一记——记愧。现在她羽翼丰满了，用不着我写!"

智慧世界

听两位老人谈话，妙语清言，谈笑风生，真是一种享受。尤其那逸兴遄飞的淘气话儿，时不时地似珠玉般涌出，令人忍俊不禁。他们的幽默与众不同，有一股洞达世情又超然物外的味道，使人仿佛置身在一个智慧世界里。

我告诉钱老，不少人看过《干校六记》，都觉得杨绛是个非常可爱的人。钱老在厚厚的眼镜片里闪动着狡狯的目光："可爱与否，要由她的老公来说。"

钱钟书夫妇的感情融洽早已传作佳话。他们自 1935 年结为百年之好，半个世纪以来相濡以沫。有时他们不得已分开，总是书信不断。杨绛有文章记叙：抗战期间，钱去内地，杨留在上海，钱一路上都有诗寄给夫人；十年动乱中，钱作为先遣队员先下干校，杨暂时留在北京待命，钱到乡下后得空就写家信，三言两语，断断续续，白天黑夜都写。不知这些精彩的"两地书"能否在某一天公布于世。

两位老人待客热情，毫无架子。那天我落座不久，钱老就很周到地提醒杨绛："人家写了你，让你笔下扬名，笔下超生，该贿赂一下，送人一本《洗澡》呀！"杨绛赶忙快步走进里屋，取书、题字，然后交给我："这是我送的第一本！"

话题不知怎么转到中西文化比较上，那段时间正以此为时髦，许多人赶浪头似的大谈"比较"。钱老生平最憎恶这种学风，他忿忿然起来："有些人连中文、西文都不懂，谈得上什么比较？戈培尔说过，有人和我谈文化，我就拔出手枪来。现在要是有人和我谈中西文化比较，如果我有手枪的话，我也一定要拔出来！"在一旁的杨绛马上伶俐地从书桌的笔筒里抽出一把锋利的裁纸刀塞进他手里："没有手枪用这个也行。"两位年已耄耋的老人，思想与应答的机敏，竟如年轻人一般。

我有一年多没有再见他们了，电话里问起过他们的起居与健康，杨绛说："纸老虎！我说身体不好，别人不相信。钟书白天见了客人很兴奋，高谈阔论，晚上就睡不好觉了，失眠，咳嗽，血压高。"他们对门原来住着国务委员邹家华夫妇，他们教会了杨绛做大雁功，杨再教给丈夫。现在两位老人常常做大雁功以健身，有时他们也出去散步，但要选好时间，否则碰到熟人、朋友、学生，又难免一场应酬了。

我衷心祝愿他们健康长寿。

（摘自《读者》1992 年第 3 期）

长沟流月去无声

倪 匡

三毛感情丰沛，洋溢文中，极感动读者。她的读者和她一样，都热情过人。曾和她一起应邀在台湾各地会见读者，所到之处，人潮之汹涌，超乎想象。

更令人叹服的是，不独在台湾，后来在大陆，她本人和她的作品受欢迎的程度，同样超乎想象。甚至在香港，这个阅读风气并不太盛的地方，一样有极多的读者，而且毫无例外，读者见到她，欢欣鼓舞，雀跃呼叫。这种现象说明她的作品能将读者带进一种热情澎湃的境界。

有一次和她一起在香港启德机场大堂（不知是为什么，想不起来了），三五少女一看到她，跳跃叫嚷而来，围着要她签名，用荒腔走板的国语和她交谈，欢欣鼓舞而去。三毛见我在一旁，就向少女们介绍："这位也是作家……"话没有说完，少女们撇嘴、翻眼，一副不屑的神情，呼啸散开，神情模样，可爱有趣。我看得哈哈大笑，三毛觉得不好意思，责备小女孩：

"怎么这样子。"

我笑答："正该这样子！"

三毛还曾"救"过我一次。那次在台北，一个不知是什么的座谈会，与会者自我介绍，个个自报学历，都极为辉煌，不是博士，就是硕士。轮到我，是"初中毕业"。

场面多少有些尴尬，三毛在我之后，大声自报："小学毕业！"

相视莞尔，后来她说，她的正式学历，真的是小学毕业。这更说明，她天生是写作奇才。

三毛性子十分可亲可爱，随和近人。一夜，在台北天母古龙家中，一干人等聚饮谈笑，三毛站在吧台前，背对着人打电话。酒吧柜上有一列射灯，她穿露背装，灯光映射之下，藕臂如雪，肩背线条柔美，成为一干人等视线的焦点，莫不叹为纯美之境界。

中有两俗子，一曰倪匡，一曰古龙，竟相约："一边一个，去咬一口。"

两人胡作非为，三毛转过身来，嗔道："好啊！你们两个，须有一个要了我！"两人立时作"剪刀石头布"手势，一个道："输的要！"一个道："赢的要！"

三毛赞曰："一个好！一个坏！"

古龙以手击额，他头大额广，啪啪有声，顷刻额上红了一片，频呼："笨死了！"

三人笑成一团——正因为稔熟至此，所以才有了"生死之约"。

"生死之约"名副其实，听来十分骇人，实际内容也确然有点怪异。

三人都对死亡存有不可解之处，却又皆认为人死后必有灵魂，只是人、魂之间，无法突破障碍沟通。也认为要突破这种障碍，人所能尽力者少，魂所能尽力者多。所以约定，三人之中，谁先离世，其魂，需尽一切努力，与人接触沟通，以解幽冥之谜。

约定之后，每次共聚，都互相提醒，不可忘记。

没有多久，古龙谢世。

和三毛在古龙葬礼上，一面痛饮，一面仍念念有词："要记得这生死之约啊!"

世俗相传，七七四十九天之后，是魂归之日。其日，和三毛在她台北小楼之中，燃烛以候，等古龙魂兮归来。

结果，失望。

没有多久，三毛也谢世了。

这一下，魂方面力量增强，应该有希望可获得来自他们方面的确切信息了？谁知道日复一日，夜复一夜，依然信息杳然，竟然连梦中都未出现，别说是确切真实的沟通交流了！

噫！难道真是幽冥阻隔，无可逾越？这谜团，看来要等到三人再次齐聚，才能有解答了？然而，到时即使有了答案，又如何让世人得知？念及此，不由得悲从中来。

怀悲读三毛，好像可以得到得更多。不信？试试!

（摘自《读者》2009 年第 2 期）

父亲的高考

德川咪咪

2007 年,当我的高考结束后不久,在客厅里一条长餐桌的两端,我和父亲相对而坐,聊起了他的高考。

"我的高考……"他沉吟了一会儿,仿佛不知该从何说起,片刻后另起话端,"1985 年的春夏之交,我拥有了参加工作后的第一次难忘经历:专访新上任的上海市市长江泽民。那一年,我已经 30 岁了"。

倘若没有高考,30 岁时的父亲,或许还在驱车前往外地运货的途中。考大学前,他在运输公司做搬运工,只记得每天装卸货物,冬天运煤,夏天装西瓜,从早上 7 点半到晚上 5 点,除了中午的一个小时,几乎没有休息。

这样的生活周而复始,他曾以为会永远继续下去。命运却在 1977 年悄然发生转变。

一

　　1977 年 8 月 13 日，教育部在北京召开第二次高等学校招生工作会议，在这次历时 44 天的会议上，教育部做出了恢复高校招生统一考试制度的决定。

　　那一年，我父亲 22 岁，放在今天，正是大学刚毕业的年纪。但是，自初中毕业后，他便没能把书读下去。

　　父亲已经当了 4 年搬运工了，因工作勤奋、表现良好，被提拔为司机，每天载着一车车的货跑郊区、跑外地，这份工作比搬运工轻松很多，出车结束后大家还会结伴去游泳。

　　有一回游泳的时候，另一个司机告诉他，他们工厂有个女工的哥哥参加了今年的高考，并被复旦大学录取了。

　　那个女工叫陈思平，和我父亲同一年进的工厂，平时见面偶尔也说上两句话，于是他便追着问了一句："她的哥哥叫什么名字？"

　　30 年以后，在我的选课书上，我爸指着"复旦大学名师陈思和"这一行字说：也许就是从听说他考进复旦的那一刻起，我就想着要去考大学了。

二

　　但是那个时候，考大学对我父亲来说也只是想想罢了。这条路并不好走。我爷爷很年轻时就因肝癌去世，奶奶从未上过一天学，为抚养家中三个孩子，白天在商店做营业员，晚上就着昏暗的灯光做缝纫补贴家用。家境艰难，甚至时常温饱不济。

　　我爸的两个妹妹，大姑姑去了崇明下乡，小姑姑还在中学念书。那个时候，社会上普遍认为做工人是最好的出路，大姑姑为了能让父亲去工厂，主动顶替他去下乡，吃了很多苦。

"现在我要跟家里说,我想放弃做工人,跑去读大学。那你姑姑做这样的牺牲算什么呢?"此外,"就算我考上了,家里怎么供得起呢?"

父亲只能把大学梦深埋在心底。但在社会上,考大学改变命运的说法渐渐流行起来。1978 年,即恢复高考的第二年,又有两个同事分别考上了复旦和同济,离开了工厂。告别宴上,考进同济大学的同事对我父亲说:"其实你也有考大学的实力,为什么不去试试看呢?"那个同事还告诉他:现在,国家对于非应届考生有政策照顾,只要满 5 年工龄就能够带薪读书。

截至 1978 年 10 月,我父亲的工龄正好满 5 年,这个政策解决了家里没钱供他上大学的后顾之忧。"就这样,再也没有什么理由能阻止我去考大学了。"

父亲要解决的第一个难题是教材。下决心迎考时,天还很热,蝉鸣如涛,福州路的人浪却有甚于这滚滚热浪,"高考资料一到书店就会被一抢而空,考的人太多了"。为了买到《高考大纲》,他排了两个小时的队。

买到教材后,他把这两本册子贴在胸口上,感觉亲切,甚至感动。但等到翻开以后,又仿佛一桶凉水浇了下来,"考纲里列出的数学考试的范围要从四则运算一直到数列,我没读过高中,当时离开校园也差不多 6 年了,看数学就像是看天书一样"。

但是父亲不想放弃,他热爱学习的心,一直没有被劳碌的重体力工作浇灭。更重要的是,他还想跟命运做一下抗争。拿到考试大纲之后他开始制定复习计划,那时候家里没有课本、没有辅导材料,只有一套范文澜所著的《中国通史》,他就从这套《中国通史》开始看起。直到 1979 年春节,书店里的高考资料开始多了起来,他才买到了正规的复习资料。

三

他开始投入全部身心复习迎考,那段日子,白天上班,晚上复习,"太充实了,甚至是满负荷运转,那么多年过去了,再也没有找到过这样的感觉"。晚上 5

点,工厂下班,他直奔上海图书馆,一直学习到图书馆关门,回到家以后还要继续学习到第二天凌晨。"连从图书馆到家也都是小跑着的,脑子里不停地在想题目,一分钟都不想浪费。"

那时候,他住在太仓路。我从未见过这个仅6平方米的亭子间,但它一直存在于家族的传说中:屋子里灯光昏黄,奶奶常常坐在缝纫机前做工,还在读书的小姑则把洗衣板翻过来当成桌面,趴在床上做作业。没有写字台,父亲就把一高一矮两个五斗橱拼在一起,把书放在高的橱上,自己爬到低的橱上,就这样站着书看一晚上。

学习上碰到的困难往往比艰苦的环境更难克服,最困难的科目就是数学。我爸说:"没有老师,只能自己看例题看公式,慢慢领悟。那时我们厂里有几个国民党的特赦犯,别人都不怎么理他们,但那批人都是解放前的大学生,学识功底特别扎实,我就经常偷偷地找他们问题目。"

他把这样的复习坚持了5个月,到了1979年3月,国家取消了"满5年工龄可以带薪读书"的政策,改为颁发"职工助学金"。新政策让父亲很茫然,他不知道"职工助学金"的数额,也不知道申请助学金需要通过什么程序。学费没了着落,大学梦再次遥远起来,而且那时他已经被提拔到机关里"坐办公室",在那个年代是很多人都羡慕的工作。于是他打算放弃高考。

复习停掉了。之后的两个多星期,他怅然所失,突然空出的大把时间,竟不知如何处置。想到自己已经努力了5个月却要放弃,总有点不甘心,后来再一想,即使被录取以后,读不读的决定权还在自己手里。

重新打开课本以后,父亲想把这10多天的时间补回来。适逢三月,春暖花开,白天渐长,夜晚渐短。他去买了一张公园的月票,每天清晨5点到7点去公园晨读。

1979年正是知青大返城之年,回沪知青顶替了父母原来的工作,公园里骤然多了许多提前退休的老人。"早上人山人海,比菜市场还热闹。有和我一样备战高考的,也有退了休没事出来闲逛的。去晚了,别说长板凳,连能坐的石头都抢不到。"

四

高考如期而至,1979 年 7 月,父亲向单位请了一星期的假,搬去他的小学同学家中复习备考。

高考这三天,酷暑难当,我父亲几乎没有合过眼。头两天,他顺利地考完了语文、数学、历史和地理,第二天晚上全身心地投入了政治考试的复习中。那时,他的小学同学在菜市场上班,天不亮就要去卖菜。

7 月 9 日凌晨 4 点半,这个同学从床上爬起来,看到父亲仍然在写字台前挑灯鏖战,惊讶地问了一句:"咦,你又一个晚上没睡觉吗?"

我父亲头也没抬地"嗯"了一声,同学也不再打扰他,起床后出门工作去了。清晨 5 点左右,天色还早,我父亲扭头看到同学的床空着,便打算上床休息一会儿。

很多年以后,我父亲还不明白那时怎么会睡过头。"自己那么亢奋,根本不可能睡着,感觉脑子里一直在一遍遍过着题目,结果竟不知不觉地迷糊了过去。"

不知过了多久,父亲猛然从床上惊起,手表上显示的时间是 7 点 30 分,离开考只有半个小时了。前两天他都是乘 96 路公交车去考试,早晨 7 点半正值上下班高峰,车少人多,公交车还经常脱班,从住处到考场需要 45 分钟左右。那个时候没有自行车,更没有出租车,偶尔见到街上开过三轮车,都是需要打电话预定的。而高考考场规则中规定:迟到 10 分钟者取消考试资格……

多年后,父亲仍能清晰地向我描述,他的大脑里如何嗡声一片,一瞬间不知有多少想法掠过,最后只剩下一个信念:跑跑跑……

他背上书包,狂奔下楼,准备穿过陕西路沿着肇嘉浜路一路长跑去考场。"我就一个想法:一定要在 8 点 10 分前赶到。那一路简直是和时间赛跑,和命运赛跑,如果迟到了,那我的人生就不一样了。"

跑过一段路他才觉得有些异样,原来熙熙攘攘的大街上那天却空空荡荡,他才想起这天是周日。快跑到文化广场时,他听见身后有喇叭声,一回头,看到一辆 96 路公交车慢慢地向他开来。

事后回忆起来,我父亲说,这一切仿佛是冥冥之中,去世的爷爷在守护着他:"因为那天是周日,公交车放得比较少,开过来的是一辆脱班的 96 路车。我让司机停车然后跳了上去。那天人很少,路况特别顺,7 点 55 分就到了考场。现在想想简直太惊险了,如果不是周日,如果不是车子脱班,如果我多睡了 5 分钟,那就是长跑也没法按时到考场啊。"

跳下车后,父亲看了看手表,离政治考试还有 5 分钟,大部分同学已经进了考场。刚才的一番波折让他筋疲力尽,"太狼狈了",于是他没有急着进考场,而在学校门口稍事休息,顺便看了眼黑板报,黑板报上的文章写的是"文革"给社会主义的发展带来的失误。

3 分钟后,考试的铃声响了起来,父亲走进了考场。

谁知拿到政治考卷打开一看,刚才在黑板报上看到的那篇文章正好是考试的最后一大题。父亲当时感到目瞪口呆,然后便欣喜若狂:"如果我自己去答的话,可能只能拿一半的分数。我把刚才看到的那篇文章的内容写了进去,这道题目就答得非常完满了。"就这样,政治考试顺利地结束了。

在 1979 年的高考中,他的政治考了 84 分,总分 347 分,高于复旦大学录取分数线 41 分。阔别校园六年后,我父亲重新背上了书包,走进了复旦大学,成为 1979 级复旦大学中文系 58 个学生中的一员。

(摘自豆瓣网,2018 年 6 月 7 日)

决定命运的成绩单

格 非

1980 年夏天，我参加了第一次高考，毫无意外地，我落榜了——化学和物理都没有超过 40 分。母亲决意让我去当木匠。

当时木匠还是个很让人羡慕的职业。我们当地有很多有名的木匠，但我母亲请不到，她请了家里的一个亲戚。这个木匠因着自己是学手艺的，觉得自己特别牛，很是凶悍。他对我母亲说："这个孩子笨手笨脚的，学不出来的，我要是打他你会舍得吗？"母亲只得说："你打吧。"我很不喜欢这个跷着腿坐在木椅上的人——我和他无冤无仇，他为什么要打我？我就对母亲说："我要考大学，而且要考重点大学。"母亲睁大了眼睛："孩子，你怎么能说这样的话呢？你连门都没有摸到呢。你要是考上大学，我们都要笑死了。"

就在我灰了心、要去当木匠学徒的时候，一个镇上的小学老师，姓翟，敲开了我家的门。他与我非亲非故，素不相识。我至今仍然不知他是如何挨家挨户寻访到我们村的。我依然清晰地记得，当时夜已经很深了，大家都睡了。他戴着草帽，站在门外，把我母亲吓了一跳。

他劈头就说："你想不想读谏壁中学？"那是我们当地最好的中学，我当然是很愿意的。他说可以把我引荐给他那里的一位朋友。

当我拿着翟老师的亲笔信到了谏壁中学，他的那位朋友却告诉我，语文、数学必须拿到60分，不然无法进入补习班。他说："让我看看你的高考成绩单。"

在决定命运的时候，我的脑子还算比较清醒。我知道我的成绩根本不能进入这个补习班，我也知道无论如何都不能够把口袋里的成绩单给他看。于是我说："我把成绩单弄丢了。"

"你可以去丹徒县的文教局，你去查一查，把分数抄回来。"他说，然后给了我一个地址。

县文教局在镇江，青云门六号。在马路边上，我只要随便跳上一辆公共汽车，就可以回到家，永远地做一个木匠的学徒。可是如果我去镇江的文教局呢？结果是一样的，我还是会得到一个一模一样的成绩单，还是无法进入谏壁中学，还是要返回家乡，做一个学徒，为我的师傅搓好热毛巾，听任他打骂。

我徘徊了两个小时。以我的性格而言，我其实是一个很保守的人，不会轻易冒险，不会去做一些我觉得非分的事情。我觉得我百分之九十是要回家的。我根本没有去过镇江。它对于我的家乡而言，是一个大城市，太远了，而且去了我也不知道那个地方在哪里。这些对我都是无法逾越的理由。但那一次，不知道是什么原因，我鬼使神差地登上了去镇江的过路车。

到了县文教局，正好是下班时间，传达室的老头冷冷地说："现在下班了，你不能进去。"

我想，也罢，我进去又有什么用呢？在我打算掉头离开的时候，有人叫住了我："小鬼，你有什么事？"

我看见两个人，一男一女，往外面走。我说我的高考成绩单丢了，能不能帮我补一下。

男的说："下班了，明天再来吧。"

女的则说："我们还是帮他补办一下吧，反正也不耽误时间。"

他们把我带回办公室，帮我查找档案，又问我办这样的成绩单有什么用处。

我沉默了一下，突然说："我的成绩单没有丢。"

"那你来这里干什么？"他们显然有些生气了。

我于是讲了高考的落榜，讲了自己很想去谏壁中学补习，但是没有达到他们要求的分数线。我说："我一定要读这个补习班，去考大学。"

那个女的说："这怎么行！"男的不吭气儿，他抽着烟，盘算了好一会儿。他让我出去等回话。十分钟后，他说："唉，帮他办了。"

我那时很小，16岁，穿的衣服很破旧。大概他是因此萌发了帮助之心。

他们问我："需要多少分？"我说："语文70分，数学80分。"说完了很后悔，因为这个分数已经可以考上大学了。我又把分数改了过来，语文68分，数学70分。写完了之后要盖章，但在这个节骨眼上，公章突然找不到了。

他们翻遍了抽屉，打开又合上。这对于一个小孩子来说，可能是最紧张的时候。没有公章不是完了吗？事实上公章就在他们手边，大概是当时大家都太紧张了吧。

女的盖完了章，轻轻说了一句："苟富贵，勿相忘。"我的眼泪一下子就流出来了。那是我迄今为止见过的最美丽的女性。我的感激出于如下理由：她竟然还会假设我将来有出息。

我似乎没有说什么感激的话，拿着成绩单，飞跑着离开了。我一天都没有吃饭，等回到家的时候，人已经都快虚脱了。

第二年我再次参加高考，考入上海华东师范大学中文系，开始了在大学的求学之路。

对我而言，生活实在是太奇妙了，它是由无数的偶然构成的。你永远无法想象，会有什么人出现，前来帮助你。

（摘自《读者》2009年第6期）

逃出小镇的狮子

毕飞宇

一

读那本书是在 1981 年，我 17 岁。

那一年，"文革"平反仍在进行，女排夺得了第一个世界冠军，托福考试首次在中国举办。而我在前一年的高考中落榜，没有留城指标，只得从县城回到乡下复读、补习。

全世界都在剧烈变化，好像只有我一个人倒退回了以前。就在那时，我读到了《约翰·克利斯朵夫》。

我小时候，局势动荡，我家一直在苏北的各个村庄和小镇中搬来搬去。我出生在杨家庄，5 岁时去了陆王村，11 岁又去了中堡镇，15 岁去了兴化县城。我的生活一次次被连根拔起，所有玩伴一次次杳无踪影。

漂。漂啊漂。有一样东西在我的血液里反而根深蒂固了：远方。我知道我来自远方，我也隐隐约约地知道，我的将来也在远方。我唯一不属于的仅仅是"这里"。

二

如何去远方呢？最好的办法，当然是考大学。

我父亲因为家庭成分差，没机会上大学。他便把所有期望都放在我身上。我初中成绩不错，还考上了中专——要知道，当时上中专是个好出路，我们镇上也只有两个人考上。

我母亲特别高兴：中专毕业就可以有铁饭碗了，就有工资了。但我父亲坚决不同意。他步行了一百多里路，走到城里的招生办公室，请求办事人员把我的档案撤下来。在那时，这是很疯狂的举动。我父亲坚信我一定能"放个卫星"，考上大学。

但我不争气，高考数学考得惨不忍睹，落榜。对我父亲来说，这无异于是场灾难。

我不得不去的戴窑镇，是一个典型的苏北小镇，百废待兴，贫乏无聊。因为贫困，镇上在每晚天黑以后才开始供电。我住在学校附近一个简陋的零件加工厂里，房间外面就是冲床。

每晚我放学回来，都遇上工厂通电开工，那声音"哐啷哐啷"，震耳欲聋，直到第二天天亮才停下来。我到现在都纳闷，当年的我是怎么睡着的呢？

大概还是因为读了那本书。

每次只要能在那小屋里读一会儿，我就觉得浑身是劲，天塌下来我都能把它顶住。这世上什么都阻碍不了我前进的步伐。

三

最初听说时，我觉得这书名真是长得可怕。

那年的 11 月，还有一件让我印象深刻的事，就是中国女排夺得世界杯冠军。我和同学一起，挤在一个棉纺厂的办公室里看比赛。那里有一台小小的电视，是全镇的珍稀资源。前面挤着几十个人，我离电视屏幕至少有 30 米远，但我还是确信我看到了胜利的那一刻。

那时女排主教练袁伟民穿运动服从不拉拉链。于是一夜之间，我们学校全体男生穿外套都不拉拉链了。

而等到拿到《约翰·克利斯朵夫》，我眼里就再没有其他事了。才读了几页，我就放不下来。为防太快读完，我甚至给自己定了一个规矩：每天只能读半小时。

多年后，我收到读者的来信说："读您写的《玉米》，真不舍得看完，每天只读一点点。"我很高兴，一下就想起我自己当年读《约翰·克利斯朵夫》的情形。

回头看，它真不能算多么了不起的文学作品。就是励志，用现在的话叫"打鸡血"。它的前半段是照着贝多芬的人生历程写的。贝多芬就是个倒霉蛋，可是什么厄运都没把他击倒。

那时在中国大地上，还有一本法国小说非常风靡，那就是司汤达的《红与黑》。那也是一本励志之书，讲出身贫寒的于连如何一步步走向成功。在改革开放初期，励志，渴望成功，渴望成为英雄，是时代的主调。当时与六七十年代已经不同，少年们的偶像从本土的革命英雄变为了西方文学作品中的英雄。对于 17 岁的、高考落榜的我来说，尤其如此。

四

当我在书中看到克利斯朵夫，简直是英雄相惜了。

当看到他众叛亲离却没有倒下，仍昂扬向前的时候，我就心怀激荡、精神抖擞，觉得希望就在眼前。

于是，每晚 10 点前后做完功课，我就看一段小说，看到热血沸腾。然后就拿着一副七八公斤重的哑铃做操。

那时流行一种说法，说冬天锻炼后洗冷水澡对身体最好。但我害怕呀，苏北的冬天没有暖气，阴冷蚀骨。但一想到克利斯朵夫在看着我呢！精神顿时像受了感召，毫不犹豫地就走到小屋后的小河边，用还浮着冰碴的河水擦洗身体。

除了励志之外，克利斯朵夫的一生还是未婚的一生，也是恋爱的一生。对一个 17 岁的乡下男孩来说，有关爱情的描述永远是激动人心的。那时我连跟女生说话的勇气都没有。但在小说里，我能跟着克利斯朵夫一次又一次地恋爱，从十二三岁一直爱到晚年。

尤其是那个"坏女孩"阿达，她粗野、俗气、充满肉欲、没什么好心，但我真迷上她了。我爱上了一个在当时的现实中根本不可能出现的角色。那种爱恋就更加绝望了，几乎是在折磨着我。

就这样，渐渐地，《约翰·克利斯朵夫》对我来说便几乎是具有宗教意义了，简直是触及了灵魂。

罗曼·罗兰在书中多次把克利斯朵夫比喻为一头狮子，因为他一头卷发，身体雄壮。我也觉得我心里有一头狮子。它一直活在我的身体里，直到今天。

五

回到 1981 年吧。

借来的书，我想总是要还的，就不断做笔记、摘抄。书有 4 大本，我也摘抄了整整 4 大本。一边抄还一边琢磨，自己虚构的一些段落也写上，越写越觉得有意思，过瘾。

写完了，洗了冷水澡，我就睡下。我常做噩梦。梦到又考数学了，卷子总是不对，要么印刷模糊，要么纸面破了，总之没法答题。我一次又一次惊醒。其实应该是心理上想逃避：考不好那不是我的错，试卷的错嘛。

什么北大、南大梦，我从来没做过，想都不会去想。能考上大学就行，是个大学就行。只要能让我完成自己的使命，完成父亲的使命。只要能让我离开这个小地方，摆脱在各种乡镇搬来搬去的漂流命运。走出去，到哪儿都行，走得越远越好，像约翰·克利斯朵夫一样，走出德国，走到巴黎去。

于是，我从那一年的 11 月，一直读到了次年的 5 月。读完后，我惆怅不已。

20 年之后，我快 40 岁了。我偶尔在新华书店买了一套新的《约翰·克利斯朵夫》。我突然想起了我的 17 岁，我激动人心的乡村岁月。我怀念它，我想回去。

但重读之后，我失望，难受。1981 年过去了。再好的文学，也不能让我回到我的 17 岁，回到那些本应安静，却充斥着"哐当哐当"的冲床声的夜晚，再次体会我的精神激荡，我的感动、爱情、欲望和卑怯，我的圣洁的想象。

我渐渐明白，我如今已是用智慧、经验、眼睛和大脑读书。但 17 岁那年，我是在用本能、血液甚至心跳在读书。

我已人到中年。那一切已不会再有了。

但说这番话的时候，我一点儿也不难过。因为我有过 17 岁。那一年，克利斯朵夫陪伴着我。

（摘自《读者》2018 年第 3 期）

我的行为艺术

残 雪

　　我从 3 岁的时候起就热衷于表演。但在我小的时候，那种表演是很特别的——我在脑海里进行表演，因此没有任何人知道我所上演的戏剧。

　　有时候，一个人待在房间里，我就开始表演了。我家里起火了，到处是烟，而我外婆生病了，行动不便，我搀扶着她，同她一起跑出房间。我们俩多么快活啊！

　　有时候，在半夜，一只老虎在后面追我。我跑啊，跑啊，跑得喘不过气来。然后我闭上眼睛，对自己说："跳！"我从悬崖上跳了下去。但我知道我不会死。当我醒来时（我总是在关键时刻醒来），我发现我活着。

　　上小学时，我的老师是一位很穷的年轻男老师。他的外貌不好看，似乎没有年轻女人乐意嫁给他。我坐在教室里听他的课，但我在走神。我想帮助他，使他快乐。有一天，我写了一篇很漂亮的作文。作文写得如此之好，以至在学校里引起了轰动。人们相互询问："她是谁的学生？""文老师的学生！文老师的学生！"文老师和我多么快乐。我们在操场上散步，我们说呀，说呀……当然，这些事在现实生活中并没有发生。

长大后，我的表演就持续更久，情节也更复杂了。

到了十三四岁，我就开始读小说了。读了小说后，我很想爱上某个人，但哪里有人可以让我爱？我家很穷，父亲去劳动教养了（在图书馆做清洁工）。平时，当我外出遇见别人时，大部分人都给我以白眼。此外，我已经失去上学的机会！

所有这些意味着我只能同周围的两三个女孩来往。于是，大部分时间我都待在家里。我每天去一个小食堂买饭回家吃，一天两次。一个阳光灿烂的日子，我从食堂回来时，看见一个健康的男孩在操场上打篮球，他看上去比我年龄大一点，我觉得他很好看。我的脸因为害羞而变红了。当然，他根本没注意到我——男孩们总是这样的。到了夜里，躺在黑暗中，我开始表演我和他的邂逅。我是如此的兴奋，我们相处的情景反反复复地出现。我设计出种种情节，在这些情节里，我和男孩总是面对面地交谈着。

我的"天堂生活"持续了整整一个夏天。我每天都要经过操场，我仔细地倾听跳动的篮球发出的响声。当我倾听时，我不敢朝那个方向看，我必须装作一点儿都不在意他。他是多么敏捷而有活力啊！他的身体多么美！昨夜我还同他一块儿在公园里散步呢。我们坐在草地上，看鸽子从天上飞过。和那个时代的所有少年一样，我们不敢相互触碰，我仅仅用目光触摸他。

时间飞逝，自某一天起，他不再出现在操场上，他永远地消失了。但我的表演又延续了一年。

我直到 30 岁才开始写作。那之前我做过"赤脚医生"、街道小工厂的工人，还当过代课教师。我成为作家之前的最后一份工作是个体裁缝。我为什么学习做服装？一个原因是我和丈夫都想赚钱来养活小孩和自己，但最主要的原因是，我需要更多的钱来维持我的写作——表演。表演是我从孩童时代开始的理想，我从未有哪怕一瞬间忘记这件事。丈夫支持我实现自己的理想。时间就是金钱。

我们俩同时开始根据裁剪书学习裁剪和缝纫，我们每天从清晨工作到半夜。半年之后，我们俩成了裁缝。我父亲的那套房子变成了我们的工场。我们甚至雇了 3 个帮手，不久就开始赚钱了。那是 1983 年，即使在城市里，也只有少数人干个体户，但我们成功了。

就在我们成功的同一年，我开始在缝纫机上写小说。有一件奇怪的事发生了，那就是，我发现我在写小说时不需要事先思考情节与结构，不论是很短的还是较长的作品都一样。我只要一坐下来就可以写，从来不考虑该如何写。白天里，顾客来来往往，总是打断我的写作。我的时间是破碎的：10 分钟、15 分钟，最多半小时。到了晚上，我那 4 岁的顽皮儿子几乎占去了我的全部时间。然而就在这些 10 分钟、15 分钟或半小时里，我居然写出了一个小长篇——我的处女作。作品的情节十分连贯，是一个完美的整体！

我是如此吃惊，我没料到我能做到这样：当我想要表演时，我就表演；当我决定停止时，我就可以停止；但事后，我又可以随时回到那种意境。这是多么奇怪的事！我想也许我有点像古代的诗人，他们喝着酒，到野外写诗，就好像他们想写就能写。但我同他们又不完全一样，因为好像有一种逻辑的力量在推动我的笔，我写下的任何词或句子都是"正确的"，不可能犯错误。所有的情节与对话都是那么贴切、那么美，正如我孩童时代的那些表演！同那时的唯一区别是，现在我表演时头脑更加清醒，内含的决心也更大了。

也许我就像美国的舞蹈家邓肯，我的表演是世界上最自然的事，无须事先设计。当我不再需要为金钱操心时——那是我开始创作 5 年之后——我就给自己定下一条规则，每天创作一小时。这个时间通常在上午（有时也在晚上），在我跑完步之后。刚好一小时，不多也不少。无论我是写短篇还是长篇，我总是提笔就写，流畅地写完一小时，之后便不再做任何修改了。在写之前我只需要想一两分钟，第一个句子就会出现。第一句带出第二句，然后第三句……啊，我多么快乐！

如今，我一年比一年老。当我书写时，我的手会发抖，但只要开始表演，词语和句子就仿佛听到了召唤，变得充满活力！

（摘自《读者》2018 年第 19 期）

小　叔

路　明

我至今记得小叔的模样。

花衬衫，喇叭裤，长长的鬓角像钩子一样紧贴面颊，有时斜背一把吉他，在小镇的青石板路上招摇而过，一不留神踩一脚泥——小叔是出了名的时髦青年，80年代流行的东西，没有他不玩的。

"大儿锄豆溪东，中儿正织鸡笼。最喜小儿亡赖，溪头卧剥莲蓬。"幺儿从来是最受宠爱的吧。爷爷常埋怨奶奶，把小叔宠成了废材。他对这个到处惹是生非的"小畜生"头疼不已，可除了打，好像也没有太多的办法。

我爷爷的打算是，让初中毕业的小叔先晃荡两年，等他退休了，让小叔顶替他进国二厂。我爷爷是八级钳工，老党员，凭一双手做到工人阶级的塔尖。据说要不是脾气臭、酒后爱打人，他早当厂长了。新任厂长是他徒弟，应该会给他这个面子。

小叔一边往嘴里扒饭，一边嘟囔："我才不去国二厂……我要做生意。"

我爷爷放下筷子，问："做什么生意？"

"跟阿福、塌扁头他们去深圳批点牛仔裤、电子表，很好卖！"小叔眉飞色舞地说，"他们去过好几趟了，说一次能挣几百块。"

"你哪来的本钱？"

"本钱嘛，你借我一点？"

"啪！"一记清脆的耳光。"咣当"一声，饭碗落地，像一个斩钉截铁的句号。

我爷爷有充分的理由揍小叔一顿。

国二厂的全称是县国营第二碾米厂，响当当的大厂，进厂就发两套工作服、一双翻毛皮大头皮鞋。逢年过节，整箱整箱的国光苹果、整条整条的大青鱼放在仓库里，等职工搬回家。在我爷爷看来，那些做生意、跑单帮的，不过是暂时钻了政策的空子，国家早晚会回过头来收拾这帮投机倒把的。我爷爷坚信，个体户再有钱，不过是一时风光，国营大厂才是千秋万代的。

第二天小叔没回家。我奶奶翻床头柜，发现少了一百八十五块钱。

小叔是跟阿福、塌扁头他们一起走的，先从镇北的长途汽车站坐车去上海，再乘绿皮火车去广州。还没出广州火车站，小叔的钱和证件全被偷了。他大概觉得回家太丢脸，硬着头皮留下来，在工地打黑工。

小叔年轻气盛，三天两头跟人打架。最后一次，他被打断了几根肋骨。工友背着他去医院，发现他口袋里连挂号的钱都没有。

肇事者跑了。工友们凑了点钱给他治病。等能下地走路了，小叔偷偷溜出医院，扒上回程的火车，一路逃票回到小镇。

他躲在阿福家里，白天睡觉，晚上偷偷摸到爷爷家门口，徘徊良久，不敢推门。

彼时腊月，天寒地冻。

大年三十晚上，大家正围着桌子吃年夜饭，家里的狗突然狂吠。奶奶神色大变，摔下饭碗冲了出去，逮住了瑟瑟发抖的小叔。

　　我几乎认不出他。眼前的这个人，套一件油腻腻的棉袄，腰间扎着草绳，蓬头垢面，分明是一个乞丐。

　　过完正月十五，爷爷提着木棍，把小叔赶进屋子。爷爷锁上房门，吩咐："没我的话，谁都不许进来。"

　　屋子里传出小叔的号哭声："爹爹，我错了，我再也不敢了！"

　　奶奶坐在院子里，一句话不说。

　　我"咚咚咚"地敲门，门不开。我又跑去拉奶奶，让她求爷爷手下留情。

　　奶奶坐着，纹丝不动。突然间，她喊道："打得好！"

　　回头一看，她满脸的泪水。

　　打你个年少轻狂，打你个游手好闲，打你个不辞而别，打你个没心没肺。

　　我爷爷拎着一瓶泸州大曲、一条红壳子（牡丹）去了厂长家，一路上反复练习谦卑的表情。用爷爷的话说，"老子一辈子没这么低三下四过"。小叔提前进了国二厂，成了电工班的一名学徒工。每天穿一身黄灰色电工制服，骑着自行车，蔫头巴脑地跟着爷爷去上班，一路上不敢超过爷爷。小叔的主要工作是换灯泡，给师傅递烟泡茶，帮师傅扶梯子，听师傅吹牛皮。在此期间，他跟同厂一个叫淑珍的女工谈起了恋爱，去县里看过三四场电影。就这样安分了一年多，小叔又一次消失了。

　　传言满天飞。有人说他在上海城隍庙摆地摊，有人说他在珠海给老板拎包，更离谱的，说他加入了海南的黑帮，成了一名厉害角色。

　　每次得到消息，爷爷奶奶都匆忙赶去，然后一无所获地回来。最远一次去了哈密，只因为电视新闻里一个人的侧影像小叔。淑珍来过爷爷家几次，哭着来，哭着走。不知折腾了多少回，花了多少钱，在十几家报纸登了寻人启事，还是找不回这个任性的儿子。

　　有一天我去爷爷家。爷爷出门买煤球去了，奶奶一个人在家，桌上摆了一只鲜奶蛋糕。那时候的小镇上，蛋糕还是一个稀罕事物。

我欢呼一声，扑了过去。我大快朵颐，抹着嘴巴问奶奶："怎么知道我今天会来？"

奶奶笑了："今天是你小叔生日，便宜了你个小鬼。"

十年过去了。

国二厂的日子一天不如一天，工资发不出来，工人只上半天班；老街上，显赫一时的供销社被拆了，原址建起一座"温州皮鞋城"。我常看见淑珍骑着助动车，驶过尘土飞扬的街头，送她儿子上小学。

关于小叔，有了些不好的传言。有人说他在煤矿出了事，几十个人全部闷在了井下；有人说他死于黑帮械斗，尸体被趁黑沉入海底。

奶奶怎么都不信。她拉着我的手，絮絮叨叨："你小叔六岁时掉进河里，差点儿送了命。那天我在纺织厂上着班，突然一阵心口疼。母子连着心，真要出事了，做娘的一定感觉得到。"

爷爷想起这个儿子就暴跳如雷，不是骂他没出息，有家不敢回，就是骂他没良心，赚了钱忘了爹娘。骂完瘫坐在躺椅上，大口大口地喘气。

渐渐地我才明白，爷爷的痛骂何尝不是一种自我安慰：情愿他是个孬种，情愿他忘恩负义，也不愿相信更残酷的结局——小叔已经不在人世。

有一天爷爷把我叫到跟前，很严肃地问我："偷渡的人是不是很难回来？"我支支吾吾地说："是，国外管得严。"我不敢看爷爷的眼睛，我怕毁了他的救命稻草。

第二天，墙上贴了一张世界地图。

渐渐地，大家开始回避小叔的名字。在一次大装修后，小叔的房间成了厨房，锅碗瓢盆替代了昔日的吉他。床被拆了，墙上的歌星海报被撕下，旧衣服被塞在樟木箱里，搁在大衣柜顶上，书和磁带大多被我带回家。

往年的年夜饭，桌上都会多放一副碗筷。从这一年开始，这副碗筷被撤下了。

爷爷老了。他不再大声说话，不再发脾气，不再昂首挺胸地巡视他的菜园子。他把躺椅放在那张世界地图前，一坐就是一下午。

不知从哪本书上看到，人死的时候，最先丧失视觉，然后是味觉和触觉，最后是听觉。爷爷去世前，用力睁大眼睛，直勾勾地望着门口，瞳孔慢慢地散开。我知道，他已经看不见了。我多想在他耳边说，小叔回来了。

用一个弥天大谎，换他最后的安心。可是我没有。

奶奶的手颤抖着，合上了爷爷的眼睛。奶奶从此绝口不提小叔。一场葬礼，宣告了两个男人的死亡。

两个姑妈不放心奶奶一个人，都想接她过去住。奶奶不肯，说她一个人过挺好的，别的地方住不惯。她甚至不愿去子女家过年，宁可一个人守着老屋。

奶奶的生活很规律，这多少让子女放心。她每天五点起床，在院子里做一套自己发明的健身操，早饭是咸菜热粥，吃完出门散步，去附近的公园坐一坐。钟点工阿姨过来做午饭，没吃完的晚上热一热再吃。下午打个盹儿，看看电视，偶尔有老相识过来聊些闲话。晚饭后早早锁了院门，躺在被窝里听收音机。

墙上挂着新拍的全家福，一大家子人簇拥着奶奶，祖孙四代，前后三排，站得密不透风，不觉得少了一个人。奶奶眯着眼睛，笑得很开心。

前年除夕，我和爸妈回老家陪奶奶守岁。奶奶在爷爷的照片前点上三炷香，放上一碗他最爱吃的红烧鳜鱼。暮色昏黄，屋外的鞭炮开始此起彼伏。

夜里，我睡在老屋里，点着火盆，压着厚厚的棉被，沉重而安心。

半夜，不知为什么醒了。我走出房间，看见院子的大门开着，零星的烟火，照着一个苍老的背影。

是奶奶。她一动不动地站在那里，像在等一个人。

伫立良久，奶奶轻轻地合上大门，没有插门闩。然后转过身，慢慢地拖着那条患痛风的左腿，走回房间。

　　我知道自己该怎么做了，我熟悉那些温情小说的路数。我应该蹑手蹑脚地跑出去，拉开大门，在门外弄几个模糊不清的脚印，或者在门闩上放一个红包。第二天早上，奶奶会以为小叔回来过。

　　可是我没有。

（摘自《文汇报》2018 年 7 月 28 日）

青春，是冰做的风铃

张曼娟

青春，是冰做的风铃。

当夜深了以后，四周寂静下来，我听见一阵风吹过，撩拨起来的串串铃声，丁零零，丁零零，一种冰凉湿冷的脆响声音。不知道是谁家阳台上悬挂着的，宛如一个计时器。我的第一个风铃是生日礼物，附着一张小卡，上面写着这句话："青春是冰做的风铃。"那时我 22 岁，刚开始读硕士，并没有感觉到自己的青春。可能是因为大学时怕跟不上同学的进度，我一直都那么紧张着，把青春都修剪干净了。

把自己修剪干净的我，随即开始参加大学毕业之后的相亲活动。突然之间，许多阿姨、伯父都出现了，他们带着从国外回来的硕士、博士、事业有成的年轻人，来到我的面前。而我必须一遍又一遍地重复着："我的兴趣啊，看看电影啦，去郊外走一走啦。"于是，我和不同的男生去看电影，去郊外走来走去，但，心里没有一点期待或者雀跃，只有着隐隐的焦虑。那时候我是个急着走进婚姻的女孩，因为我以为那是人生必经的道路。直到终于可以投入研究所的课程，我才有松了一口气的感觉。我一点也没有看见自己的青春，不知道青春其实是无法修剪拔除的。

读博士二年级时，我很尊敬的金老师，为我在文化大学文艺创作组开了小说习作这门课。那时我已经出版了两本畅销书，开始在校园里演讲，但我仍感到惶恐。对于教书这件事，长久的梦想，竟然真能实现？金老师为我打气，教我安心，就在我鼓起勇气接受之后，老师语重心长地说："只是你太年轻，许多教授都担心你太年轻了，我想，你在穿着打扮上可以稍微……成熟一点。"年轻？

我已经26岁了还年轻？站在镜子前，我看着自己垂直如瀑的长发，镶荷叶边的白色衬衫，棉质碎花裙，原来我是年轻的。为了将青春修剪得更干净，我到服装店里买了好几件从来不曾穿过的颜色与款式的衣服，一律是宽肩窄臀，黑色压金丝的、朴蓝偏藏青的、墨绿色浮着印花的。为了加强成熟的效果，干脆将长发烫成麻花卷，或者全部盘成髻。一不做，二不休，我又买了许多当下流行的大耳环，十年后的自己忽然走到镜子里，与我面对面。

站在讲台上的我，纵使努力让学生知道我是他们的教师而不是学姐，学生眼中却仍疑惑重重。比较熟悉以后，有学生质疑我的用心："为什么你要装得那么老啊？"我有口难言，一切都是因为青春啊。

即将迈进30岁时，我特别喜欢在文章里提到"我已经老了，我只想活得好而不是活得美了"这样的话。在课堂上说故事给学生听的时候，我也总是这么开始的："当我年轻的时候……"学生们笑起来，觉得这个教师挺夸张的，年轻的时候也不过就是前几年的事，干吗说得像前朝旧事似的。有一回我的另一位老师含笑对我说，她和她的朋友都在读我的文章。她们有一个共同的想法，明明是这样年轻的人，为什么总要说自己老啊老啊。我已经30岁了还年轻？"是啊，比起40岁，比起我们这样的年纪，你当然是很年轻的啊。看见你口口声声说老，我们都不知道该怎么办了。"从那以后，我不再轻易言老，我对自己说，我从来没有放心地青春过，这应该是时候了。

于是，我从30岁开始青春。

我修完学位，腾出大段大段时间发呆；我去旅行，长时间流浪在异国，而不只是去郊外走一走；我参加舞台剧的演出，在众人瞩目的台上又哭又笑，而不只是看看电影。我剪短头发，换上牛仔裤或是短裙，穿着平底鞋或者长靴，我和一群很青春的朋友，到大草原去等待月亮升起，守候破晓天明。我们一起到绿岛泡温泉，看他们像鱼一样裸泳。当太阳跃出海平面的时候，他们也如海豚般一跃而起……这才是我的青春。

在那些缀满星星的夜空下，弥漫着晨雾的乡间，永远也不会有天明的KTV包厢里，我都曾经听见冰做的风铃透亮悦耳的声响，几乎忘记了它同时也在风中迅速消融。

渐渐地，当我对学生说起年轻时候的事，他们不再笑，反而显露出聆听前朝旧事的兴味。

有一天，我们在课堂上读朱自清的《背影》，许多学生是因为读大学才离乡背井的，特别有感触，所以那次的发言大家相当踊跃。学生们热烈地说起对父母亲的思念与愧疚：有个女孩子说母亲结婚早，从来没过上一天好日子，家里小孩又多，她每次回家看见母亲操持家务，很心疼母亲的年老与辛劳，只希望将来能报答母亲。我微笑着，随意问起，年老的母亲多大年纪啦？女孩想了想，差不多40岁了吧。我的笑意忽然僵在唇边，她母亲原来是同我差不多的年纪。然而，对这个18岁的女孩来说，40岁是够老的了。

这两年开始，我在教授休息室里，会看见一些年轻的讲师，也投入语文课的教学工作，有些甚至是上过我的课的。冬天的休息室里，我敲过门之后走进去，两个年轻人正在聊天，其中一个男孩子是博士班的学生，我们原本就认识的，另一个女孩，脸上有着不能修剪的青春的光芒，那光芒是难以逼视的。男孩告诉我，女孩也在教语文，是新进的老师。我站立着，错愕地，迟迟不能对她颔首。不是的，她不是应该坐在教室里的年龄吗？光洁的面容上，纯粹晶亮的眼眸，她此刻坐在休息室阳光充足的座位上，那正是多年前我最喜欢的座位。不畏怯太阳的照射，以一种好奇的眼光注视着走进来的每位老师，想象着自己将来的模样，想象着每一天会发生什么有趣的事。我几乎是惊惶地走进了洗手间，双手扶着脸盆边缘，我想，我被青春吓了一跳。

我在已经模糊了的陈旧的镜子里，看着自己，所幸镜子仍是慈悲的。当我为自己的唇抹上了饱满的豆红色，转身开门的时候，依稀又听见那阵脆亮的声响，丁零零。

（摘自《读者》2007 年第 22 期）

青葱岁月里的绿围巾

周衍辉

我平生第一次收到的女孩子的礼物是一条围巾，墨绿色的，不是纯毛的，摸上去有些硬，针法也不够精致，但很暖和，围在脖子上，毛茸茸的，还有一股淡淡的清香。

我想要一条这样的围巾已很久了。那年，我16岁，上初三，开始讲究穿戴了。我有一件很漂亮的咖啡色羽绒服，里面套一件红色的毛线衣，鸡心领的，很好看。美中不足的是，我缺少一条围巾，既保暖，又能搭配出效果来的。可是我的母亲不会织毛线。在我的印象中，那似乎是年轻女孩子的专利，班上几乎所有的女孩子都擅长此道，一对银针或竹针，一团毛线，在修长手指的摆弄下，缠缠绕绕，上下翻飞，还不耽误聊天，真是神奇。我一直为没有一个姐姐而遗憾，否则，我也可以有一双漂亮的手套，或者一条暖和的围巾了。

那年隆冬的一天，我因为感冒没去上课间操。当教室里空无一人时，不知为什么，同桌桌洞里的一条紫色围巾引起了我的注意。虽然那条围巾有些旧，也有些脏了，但我还是鬼使神差地抽了出来，不自觉地围在脖子上，对着窗户玻璃左右端详……这时，教室的门突然被推开了，随着一股寒风进来的是坐在我前面的英子，她的脸冻得通红，搓着手，可能是回来拿什么东西的。那一瞬间，我的脸"刷"的一下红了，想扯下围巾放回去，却已来不及。我窘迫极了，将围巾抓在手里，一时不知如何是好。英子一愣，随即好像明白过来，脸一红，冲着我笑了笑，说："天太冷了，我回来拿手套。"说完，从桌洞里抓出手套就匆匆离开了。

坐在教室里，我的脸火辣辣的，难受极了。偷围别人的围巾本来就不是光彩的事，况且又让一位女同学撞见了，传出去我还能在同学面前抬起头吗？不过，当时我有一种直觉，英子肯定是不会说出去的。怎么说呢，一是因为她和我外婆是一个村子的，相距也不远，两家的关系很不错的。另一个原因是，我觉得她好像一直对我有好感。比如说在课下她经常问我数学题；在上学、放学的路上，几乎天天都能不经意地碰到她；在我忘带课本的时候，她会悄悄地将她自己的书递给我，然后和同桌看一本；每次发下作文本，她会不声不响地拿过我的本子读我的作文……所以，就有个别好事的男生常常开我的玩笑。我总是一笑了之。

那时的我，瘦瘦的，其貌不扬，还有些腼腆，除了学习成绩好一点外，别无他长。而英子呢，应该说长得还是不错的，高高的个子，削肩、蜂腰、瓜子脸、尖下巴、肤色白皙，是个美人坯子。唯一让人遗憾的是她走路的姿势不好，有些罗圈腿，走路时还仰着脸。在我们当地有"低头汉子仰头婆"的说法，是说这两种人都是性情乖戾的人。事实的确如此，英子是班里有名的"小辣椒"，口齿伶俐，得理不饶人，很多男生都对她敬而远之。我自然更是没往别的地方想，平日里连话也很少跟她说。

但不管怎样，再见到英子时我还是有些不好意思。英子却像什么都没看见似的，跟同桌说说笑笑，连瞅都没瞅我一眼。我的心才慢慢放松下来。

　　过了几天，下午放学后我因事耽搁了一会儿，一个人骑着自行车急忙往家走。刚出校门，听见有人叫了我一声，回头一看，竟然是英子。她站在路旁，自行车支在一边。我疑惑地停下车子，看着她，还没等我说话，她快速地从书包里掏出一个鼓鼓囊囊的红色塑料袋递给我，说："给你。"说完，脸一红，推起车子急匆匆地走了。

　　我一愣，打开袋子一看，是一条墨绿色的围巾，毛茸茸的，在寒风中竟像火一样灼痛了我的手指。我飞快地将围巾塞进书包，又前后看了看有没有人，才跨上车子飞一般向家奔去，心在怦怦直跳。晚饭后，我写完作业，回到房间，从书包里拿出围巾，用手摩挲着，一时心乱如麻：英子为什么要送我围巾呢？她的脸为什么红了呢？莫非她真的是……我不敢想下去了，又一次脸红心跳起来。我将围巾围在脖子上，穿上羽绒服，对着镜子反反复复地照，确实很好看。

　　但那条围巾我从未在别人面前围过，甚至连父母都不知道我有这样的一条围巾。那是青葱岁月里的一个秘密，属于我一个人的，当然，还应该有英子。

　　从那以后，再见到英子时，我虽然表面上若无其事，但心里总是有些不自在，跟她说话，也会莫名地脸红。而英子呢，仍是一副大大咧咧的样子，课后仍旧问我数学题，或者别的什么，就仿佛那条围巾从来没有存在过。但我能感觉到，从她偷偷瞥过来的目光中，有一份无言的羞涩……好在很快就初中毕业了，我考上了师范学校，英子去了一所职高，我们再也没有见过面。那条围巾，后来由于家中盖了新房，搬家后也就不知所终了。我也渐渐将它给淡忘了。

　　再后来，在师范学校读书时，我暗暗喜欢上了一个女孩子，很喜欢。我犹豫再三，徘徊了很久，终于在一个花香袭人的晚上，在教学楼门口等到了下晚自习后独自回宿舍的她。我冒冒失失地将一本她喜欢的席慕蓉的诗集递到她的手中。那一刹那，看着她错愕的表情，以及犹如手捧烫手山芋般的样子，在她紧张无措地将书塞回到我的手中时，我一下子·变得面红耳赤，飞一般逃进了夜色中⋯⋯

那一瞬间，我倏地想起了青葱岁月里的那条绿围巾，还有英子那双星星般闪亮的眼睛⋯⋯我明白了，这就是爱的感觉吧：甜蜜中带着那么一股酸涩，却又是那般纯真、美好。

（摘自《校园内外》2008 年第 11 期）

那时，我没能装扮自己

王 蕾

　　我中学上的是重点学校，整天想的是如何在学习上出类拔萃，于衣着无所用心。甚至因为男生大都聪明，不仅在功课上与他们较劲，就是穿衣也学他们的样。记得那时最爱穿的鞋是那种棕色塑料底、黑条纹灯芯绒面的松紧口男鞋。十六七岁最明媚的年纪就裹在男孩子气的衣服里匆匆过去。

　　刚进大学，就被各式各样的文学知识迷住了，亦无心打扮，仍沿袭着中学的风格。直至那人出现才启发了我迟来的爱美之心，开始零敲碎打地买化妆品，买衣服。由于初习此道，很不上路，并且因为一切开销都必由父母过目，所以到底也没有什么出色的衣服，走在校园里，依然灰灰的，不起眼。

　　一个初冬的夜晚，怀着无望的悒悒之情回家，几天没见那人的身影，眉头心间的苦闷总无可解。突然想起系里有舞会，去那儿或许能看见他！于是顾不上吃饭，慌慌地洗脸抹粉底霜。妈妈默默地看了我一会儿，说抹得太厚了，别人会笑话的。我不睬，依然把指尖上的一点匀到脸上。然后穿衣。穿衣无可选择，因那时节适合的衣服只是一件式样极普通的黑色半长呢外套。那原是妈妈的，因她嫌小，便给了我。我穿显大，尤其袖子太长，好朋友说我套在这黑衣里可怜兮兮的，像雾都孤儿奥利弗。裤子是那时流行的黑色毛麻西裤，自己在小摊上买的。因为初次与生意人打交道，这裤子买得很不合适：短了，吊在脚踝上。鞋是一双踩雨踩雪的已不太白的旅游鞋。围巾也是妈妈给的，很长很宽，纯羊毛的，颜色是那种很老气的紫，可配黑衣倒也合适，只是觉得有一种属于老式的红木家具所特有的沉沉郁郁的味道。

从未去过舞场，站在俱乐部楼下，听着上面轰鸣的乐声，先是有点胆怯，犹豫再三还是踏上了窄窄的楼梯。整个舞会以它全部的光、热、力把我镇住了。站着、坐着的人们围着一个热闹的所在，快乐的所在。那里的女孩子有明眸皓齿，有鲜衣丽服，更有音乐舞蹈和这帮聪明可爱的男孩子衬着，乍见她们，只觉眼亮心热，好像胸前突然长出一丛洁白璀璨的马蹄莲——这比喻我很早就在一篇外国小说里读到，当时不懂，全然没有那种感受，那一刻却极其强烈地体验了这种感觉。她们真美呀，让人忍不住目光流连。可我什么都没有，偏偏心怀对一个杰出的陌生人的深深的恋慕！一切一切都无可辩驳地证明我不该来：那人是不会来的！！他永远那么高远不可及，别说伸手触摸不到，即使我心的目力，望得尽天涯归鸿，也难以见到他的背影。在茫茫人海里，寻找他，多少次目酸泪流！而这都因为我一无所有。他在涣涣的秋河中央，我无舟楫可以到达那里。

我就那么寒酸地站在人群外的黑影里，愣愣地看着人们黑魆魆的背影，痴痴地想着。醒过神时，不觉已走入寂静的校园之中。可能是因为激动与伤心，在俱乐部时出了身大汗，寒风吹来，遍体冰凉。路依旧，风依旧，门房的灯依旧，仿佛来时与去时一切都一样，其实不一样。不一样。眼泪夺眶而出，旧衣以它沉郁的色调与夜融为一体，夜又以它旧衣般熟稔温和的气息拥着我，就那么蜷缩在篮球场边的一条石凳上。

　　时至今日，那种绝望的揪心的痛感已减弱许多，但总有一个困惑：如果鸟儿有美丽的羽毛，它是否会获得更多的阳光与春天？我遗憾最美丽的年华过去了，在那时我却没能好好地装扮自己。

（摘自《读者》1989 年第 7 期）

梧桐树下的埋伏

张　帆

那年她不过十七岁吧，暑假住在乡下的奶奶家，半为避暑半为写生。

那是一个山清水秀的地方，虽然极其偏僻，但民风淳朴。碰到他是在一个傍晚，她躲在村里那棵最古老的梧桐树下偷偷地吹口琴，是著名的《茉莉花》，吹着吹着就跑了调。这时旁边一声轻笑，她转头看到他，站在不远处，瘦瘦的，一副忍笑的表情，滑稽极了。

她顿时又羞又恼，白了他一眼，转身跑了，兀自气了一晚上。原想趁假期把口琴练好，让那些总是笑她的同学大吃一惊，不料却轻易地被人发现了，还是一个鬼头鬼脑的家伙。

次日清晨一开门，她听到"哎"的一声，一个纸团便掷到她的身上。抬头看时，昨天那个瘦瘦的身影已飞奔而去。她拾起纸团，上面用圆珠笔写着昨天她吹曲子的错误之处以及纠正的方法。

她的脸烫起来，像考试作了弊又被人当面揭发，赌气把纸团扔了，一个山里的孩子凭什么来教她？想想又捡了起来照着上面的话细细练习。他写的确实有道理，且指出粗心惯了的她体会不到的细微之处。

从此，她和他之间便形成了一个默契：每天傍晚她到老梧桐树下吹口琴，他则在不远处静静地听，有时也会取出口琴吹上一段新曲，次日清晨便有一个纸团放在她家门口的石凳上。

在他的指导下，她的琴技日渐提高。她怎么也想不通，一个山里的孩子怎么会有那么高的音乐造诣，她也从未问过他，仿佛一开口便会破坏两人之间的那种纯美的境界。整整一个假期，她和他没有面对面地说过一句话。

在她最后一次在老梧桐树下吹完曲子后，没有立即离开，她隐隐地感到应该有什么事情发生。果然他走过来，站在她身后。她说："明天一早就要回去了，和奶奶一起走，明年要参加高考，以后可能不会再来这里了。"她低着头，仿佛是在自言自语，心里却在盼着什么。

停了一下，他说："明年我也会参加高考，你走后我给你写信吧。"她依然低着头，没说行也没说不行。他又说，"把你的地址给我吧"。她微微地回头，大胆地看了他一眼，他也静静地看着她，眼光平和淡定，在他的眼中，她没有找到任何她想看到的东西。她有些失望地垂下头，一种别样的自尊令她什么也没说便走了。

第二天清晨，她把一张画了一个假期的水彩画藏在老梧桐树的树洞中。如果他对这个夏天，对这棵老梧桐树下的琴声有和她一样的眷恋，那么他就一定会发现这张水彩画，发现写在水彩画背面的她的地址。

但她和他的故事就这么草草地结束了，没有任何下文。她从没有收到过他承诺写给她的信。她想也许一切其实很简单，他教她吹口琴，只是出于热心，或者只是因为她吹得太烂，他实在听不下去，除此之外，别无他故。而后来她隐隐感觉到的那种说不清道不明的东西，只是她一厢情愿的臆想罢了。

填报高考志愿时，她放弃保送上美术学院的机会，在志愿书的所有栏目里都写下了音乐学院。不得不承认，有一段记忆她无法释怀，即使她选择的是一场只有她这一个角色的苦情戏，她也仍然希望拥有与他相近的人生。

后来，她大学毕业，留校做了音乐教师。只是她的个人问题迟迟未解决。她也谈过几次恋爱，但每次都无疾而终。其实那些人的条件也不错，可她总觉得少了一点东西。

再次碰到他是在一间茶社，一切就那么静静地突如其来，让人没有丝毫的心理准备，以至于她当时完全呆住了，身边的人说什么都没有听进去，只怔怔地看着他：高了，却还是那么瘦，多了分成熟，却也于见到她的瞬间少了分从容。

他也没有想到重逢会如世贸大厦倒塌般迅速和出乎意料吧，眼中是不加掩饰的狂喜和无措。

他的同伴谈起他：出身于音乐世家，"文革"中父亲被下放到一个小山村，他是村里唯一考上大学走出大山的孩子，音乐天分极高却违背父愿，上了一所美术学院，聪明过人却无心风月，不知被多少女子引为人生大憾。

所有的人都被这个半真半假的玩笑逗得笑了起来，他只看着她，仿佛一眨眼她就不见了。而在那一刻，她终于在他眼中找到了当年她想看到的东西。她心中若有所动，可是想起留在梧桐树洞里的水彩画和那些她苦苦等他来信的日子，她迷惑了，是错过了才会怀念，还是一切都仅仅只是巧合？

他看出了她的心思，苦笑一下，毫无顾忌地问："你叫什么名字？"

似有炸弹在她的脑中轰然炸开：怎么是这样？

当年，她居然忘了留下名字！她竟然会粗心到这种地步！她哭笑不得，怎么也没想到这些年来关于他的种种猜测、失望和伤心竟缘于她的一次小小的粗心。

此时相见唯有百感交集，更多的是为那些错过的岁月深深痛惜。一次小小的粗心竟让他们都傻傻地改变了自己的理想和人生，十年，所有本该快乐的日子却只有独守寂寞。

　　至今，她和他的故事仍被传为佳话，惟有他最好的朋友对他始终耿耿于怀，每次相聚总忘不了调侃他："本来是怕你没事总是闷在屋里捧着口琴吹那曲老掉牙的《茉莉花》吹出病来，才强拉你陪我去相亲的，没想到白送你个媳妇，不蹭你家的饭蹭谁家的饭？"

（摘自《读者》2006 年第 3 期）

理想的光亮

陈 旻

　　上车，点火。车发动之后，塞在车载音响里的那张我爱听的"藏歌"碟片，随机流出了《拉萨的酒吧》。一阵嘈杂、喧闹的背景音之后，一个略带忧郁又略显无奈的男声开口唱道："拉萨的酒吧里呀，什么人都有，就是没有我的心上人。她对我说，不爱我，因为我是个没有钱的人。"身旁上小学四年级的儿子一惊，问："妈妈，没有钱就没有人爱吗？"

　　我一下被这个问题噎住了。这个社会已经发生了翻天覆地的变化，拜金几乎已经渗透到生活的每一个细节。电视相亲节目中不时出现"雷人"的金钱爱情观，有些人甚至公开宣称："我的男友必须是月薪20万！""宁可在宝马车中哭泣，也不愿坐在自行车上笑！"还有，女孩直截了当地问男方："你家有钱吗？"俊男靓女们毫不掩饰自己对金钱的强烈渴望，现实得极为彻底。

　　不过，我却十分同情这些人，因为现实的生存压力已经无情地挤压掉了他们生命中的汁液，当对钱、房、车等物质的获取成为他们最重要的人生目标时，他们已经不再会有单纯的心境去享受拥有理想的快乐和朴素的爱情，他们的眼眸也不会闪出梦的光泽。

于是，我不由得暗自庆幸，幸亏自己出生得早，没有生在眼下金钱物质至上的年代，幸而能拥有天真、朴实的童年；在青年时期，有热情和愚憨，理想和野心；恋爱时能听见内心的声音，有一个清新而烂漫的感情世界。虽然也曾被现实无情压迫，但大多数时光，得以在诗意中度过。

正因为心中有了理想，仿佛就胸有成竹，每一个日子因为目标明确而显得格外沉着。在个人成长的过程中，因为社会环境，也因为家庭教育，我们这一代人都把精神追求放在首位。参加工作后，读书、听音乐、抄朦胧诗，精神世界被撑得满满的。我最初的工作单位在浙江舟山，虽说是在海岛，实际是在山里，距离县城约40公里，每天只有两班公共汽车进出，早上出去，晚上才能回来。那时候街上商店很少，一整天在街上逛着，连五金商店的钉子柜台，我都一一细细看过去。但就是在那样艰苦的条件下，我们过得有滋有味。黄昏在田埂上散步，抬头仰望天边的彩霞，坚信"前途是光明的"，虽然眼前的"道路是曲折的"，总认为自己的生活质量定会"螺旋式上升"。最爱做的事是阅读西方哲学名著、中外文学名著，收集"名人名言"，频繁更换"座右铭"。那时候的烦恼也很单纯。记忆中自己的一次气愤，是因为有同事在开会时批评我"平时说话不使用劳动人民的语言"，指出我说话"酸"。那时，因为读了书自然要"活学活用"，我在平时说话时千方百计插入成语、形容词，多用文学语言，自我感觉很好，不料却遭到"指责"，自然想不通。

一年辛苦下来，即使评上先进，物质奖励也很有限。有一年，我获得年度嘉奖，奖品是一个印有兰花的搪瓷脸盆，我十分珍惜，一直舍不得用，20年了，还完好无损地珍藏着，因为，那是一份荣誉，更是青春时光的见证。

迄今，我还珍藏着一个军用挎包。挎包的年龄很长，背面因久与衣服摩擦略显黑亮。我一直舍不得丢掉它，是因为它陪伴我度过了那些终日活力充沛、热情蓬勃的豆蔻年华，盛着我青春的记忆。那时候，每次上班临离开宿舍前，觉得这本书必须带上，那本书也舍不得丢下，挎包便被塞得满满的，合都合不上。而当这沉甸甸的挎包压上肩头，一种饱满的充实感便荡荡悠悠仿佛要撑破心胸。那时候读书没有计划，看到什么读什么。有一阵，西方哲学书畅销，我也赶时髦，从书店里背回一挎包又一挎包，读叔本华、弗洛伊德、萨特。尽管似懂非懂，但也乐此不疲。一天下午，一个同事从县城回来，一下车便兴奋而神秘地拿出一套黑格尔的《美学》在我眼前亮了亮，她告诉我新华书店里人们正在疯狂抢购这套书，我一听，一种即刻必须拥有它的欲望不可遏止，立即请了假拎起挎包冲出门外。真巧，这时山里驶出一辆拖拉机，我挥手拦下一问，驾驶员告诉我他们要去县城，我央求他们捎上我。热情的农村小伙把驾驶员边上的座位让给我，自己跳上了后面的车斗。在我不间断的催促声中，拖拉机一路"突突突"直接开到县城新华书店的门口。我终于买到了一套崭新的《美学》。沉甸甸的挎包上肩，我的心里才踏实下来。

那时候的爱情也是纯粹的，没有人把家庭、物质条件作为择偶的标准。去年，有个 23 年前我在宁波工作时别人给我介绍的"对象"出差来南京。他辗转找到我，当面问我："当初为什么拒绝我？"他说这个问题已经困扰了他 20 多年。我费力地想了又想，根据自己当年的"做派"，一般与别人介绍的"对象"见面时，首先问的第一个问题便是"读过几本世界名著"，如果回答是"没读过"，那我就立即走人；如果对方回答"读过"，我会接着问"泰戈尔是哪个国家的"，第二个问题我记得没有人能回答上。

我就问他，当年是不是这么与他对话的？他说，他当时的确回答"没读过世界名著"。我说，那就是这个原因了。因为有理想，因为有对理想的追求，生活中就有了许多憧憬与期待，寻常的日子便有了那么多的诗意和情趣。在南京工作的单身时光，单位配发的不到一米宽的小床上，靠墙的一面还被我整整垒了一排书，因为想要"自己喜欢的书伸手可触"的感觉。窗外的雨棚上挂着串风铃，很多朋友至今还难忘那清脆的风铃声。一个朋友还专门为我写了一首诗："一串响在耳边的风铃/会给我们许多的温馨/许多的温馨/就是许多潮水对于堤岸的漫润/就是鸟儿在明净蓝空里/无拘无束地飞翔。"

那样的年龄，我们都有着一颗敏感多汁的心。我与朋友们在月光下互相倾诉，诉说彼此生活中那些为之感动过的事，以及这些事情发生过程中自己的细微感受。我的一个同学谈了对象，男方家里不富裕，但她不以为意，专门从汤山乘一个多小时的车来向我倾诉她心中的幸福。我记得我们并肩坐在中山陵音乐台的青草地上，因为他们两人都是初恋，她对我宣称"我要和他一起成长"，那一刻，她的眼睛染着绚烂的霞光，闪烁着动人的光亮，我笑她"目光跟涂了油似的"。

而我自己与丈夫自恋爱直至结婚，也不知道他的家底，始终就没好意思开口问过。回头想想，过去的几十年时光，分明是理想的光亮一路照亮了我的生活。因为有理想，即便在最艰难的时光，也深信幸福就在不远处，能充分享受到生命的原质性给予内心的单纯的愉悦，才有了那许多可反复回味的与金钱无关的经历与感受。如今，"满足于现在，但不放弃努力"，更使我在金钱物质社会中能拥有一份从容、平和的心态，去悉心捕捉从指尖流逝的日子里那每一段故事和心绪，享受和回味生命中一个个美好的瞬间，并不断继续触摸自己的梦想。

（摘自《大公报》2010 年 7 月 6 日）

梦里花落知多少

范春歌

很少有人知道我当过中学语文教师，因为相对于二十来年的记者生涯，它太短了，仅一年。

可我经常怀念那一年。

1983 年，刚走出大学校门的我，被分配在市里的一所中学教初一的语文，还兼着班主任。

生性率直的我，感觉这个不苟言笑的职业太痛苦了。初来发生的一连串的事情，更让我手足无措。

那个时候，校方规定学生一律不得穿牛仔裤上学。每天早晨，校门口就守着几位拿着小本子的值日生，将穿牛仔裤的学生拦住，劝他们回家换服装。有一天，值日生将穿着牛仔裤的我拦住，问我是高中部哪个班级的学生。恰好有个老师经过，给我解了围。她一边陪我上楼，一边语重心长地对我说："老师应该给学生做表率，你看看，全校的老师没有一个穿牛仔裤的。"

第二天，我就换了一条黑裙子，是女老师常选择的那种。黑色常常代表庄重。穿了裙子的我又在走廊上被老校长叫住了，他和蔼地提醒我，是不是把披在肩上的长发扎起来，因为校方也要求女生不能留披肩发的。还说，有个班主任反映，她班上有个女生不肯剪去长发，并振振有词地辩解"范老师也是这个发型"。

我一听，也觉得事情严重了。我仔细地留意了一下女老师们的发型，她们的头发都像是同一个理发师修剪的，短发齐耳，唯一的装饰品也仅是一枚细细的黑色的发夹。

在大家的劝说下，我下课后就走进了学校附近的一家理发店。

理发师是个胖胖的妇女，她用手托起我长长的黑发，有些不忍地举起了剪子："你可考虑好，这一剪子下去，就像脑袋掉在地上，再也接不起来了！"

我咬咬牙没有吭气，只听剪子在我的脖子后面连续发出冷冷的"咔嚓"声。女理发师从镜子里发现我的眼泪夺眶而出，以为剪到了我的头皮，后来她理解了我的疼从何而来。从小到大，我都梳着清汤挂面似的长发，上面也曾留下姥姥手的温度，此刻，它们一起飘落在地。

老校长再次碰见我，很满意地夸道："好！"我的目光凝视着操场上的一排绿化树，它们被修理得整整齐齐，宛若一个笼里蒸出的圆润的大馒头。

剪了短发的我，在同行眼里仍然不像个老师。至于老师应该是个什么样儿，他们也说不太清楚。

有一天，我正在教室上课，叫起一位同学回答问题，那位同学可能上课分心了，回答得南辕北辙，我忍不住想笑，但内心有个声音严肃地提示我：老师不能当着学生的面笑。可是他慌乱的第二次补答，更是让人忍俊不禁，我实在憋不住了，放声笑起来，后来竟伏在讲台上直不起身。课堂当然是解了大禁，那个同学也和大家一起笑得前仰后合。这一切恰恰被在走廊上巡视的老校长看见。

自然，我受到了严厉的批评。他是个非常敬业的人，一生严谨，腰板挺直，灰白的头发纹丝不乱，藏蓝色中山装的领扣从来都是严严实实的。老人的心地也非常善良，只是常常出格的我，不能不让他伤心。这让我很过意不去，又奈何自己不得。

每天早晨，校园仅有的一个乒乓球台常常被高年级的学生霸占着，初一的学生只能眼巴巴地看他们打球。我想了一个主意，早晨早早地赶到学校，将自己的大包往乒乓球台上一撂，俗称"占台子"。胆子再大的学生也不敢和老师争桌子。于是，我们班的学生终于有了摸摸球拍的机会。

老是抢占乒乓球台，也不符合我常常给学生讲的机会均等的道理。后来，我鼓励大家跳绳。当长长的绳儿在空中划着优美的圆弧，荡起孩子们银铃般的笑声时，我感觉自己正穿过长长的时空隧道，回到了欢乐的少年时代。生活的阴云也暂时一扫而空。

当我和学生在操场上游戏的时候，老师们在走廊上摇头叹息，他们怎么也没想到，学校费了好大的劲才争来的一个年轻的大学生，偏偏是仿佛永远长不大的我。

直到期终考试的时候，我们班优异的成绩才让大家放下心：还好，没有误人子弟。

而那一年，也发生了不少令我至今难忘的事情。

有一次，上课铃响了，我夹着课本进教室，发现室内乱成一锅粥：一个瘦高的男生把拖把当长剑，将同学们撵得像燕儿飞。

平日他也令我有些头痛，不是上课打呼噜，就是将纸团冒充小白鼠塞进同学的衣领里，吓得同学哇哇大哭。

这一回，我不想再放过他。像老师惯常做的那样，我让他放学后请他的父亲到学校来。他一听请家长，倔强地昂起头说："我没有父亲。""那就叫你的母亲来。"我依然不饶他，他低下头不吭气，半晌，有个同学轻声地说："老师，他也没有母亲。"

我愣住了，不知道该如何是好。同学们仿佛是为我打气，纷纷举手说："他还有个叔叔！"我终于可以下台了："那好，让你叔叔来一趟。"

下午放学了，学校很快静如空巢。我独自留在办公室等他的家人。黄昏将临的时候，还未见他的人影，我准备收拾东西回家，正欲下楼的时候，却震惊地发现他背着一个老太太艰难地登上了办公室所在的四楼。

"她是我的奶奶。"他吃力地放下背上的老人后，抹着满头的汗水喃喃地介绍。我赶紧将老人扶到椅子上，递上了一杯热水。还未等我开口，老人就哭了，告诉我，他的父母在他刚学会说话时就离婚了，谁也不肯要他，他一直跟着叔叔和她过日子。他叔叔是习武之人，担心这个没爹没娘的孩子受人欺侮，便教他拳脚功夫。由于恨铁不成钢，他叔叔平日下手那个狠，谁见谁怕。如果让他叔叔知道了他在学校不听话，又难逃过一顿暴打。所以，奶奶代他叔叔来见老师。

我开始后悔自己让他请家长的轻率。老人说，他功课不行，但是孝顺老人在邻里是出了名的，他担心她这双小脚行走不便，先是用三轮车载她走，又硬要背着她上楼，也不怕人见了笑话。

那个黄昏，我们仨坐在办公室里聊起了家常，我也谈起了我的姥姥。后来，我们仨都流泪了。他更是哭得像个娃娃。

从那之后，他渐渐变了。虽然学习成绩还是不尽如人意，但上课的眼神却是专注的。我知道他在尽力。

那一年，我在学校过了第一个教师节，手里捧满了学生送给我的贺卡。那一天，也是个黄昏，围着我的同学渐渐散去，一直夹在人群中的他似乎正等待着这一刻。他腼腆地走近我，从口袋里掏出一把炒黄豆塞到我的手里，然后飞快地跑了。

握着这把尚带有体温的黄豆，刹那间，我热泪盈眶！

这学年的最后一课结束了，当清理书本的时候，我发现书本里夹着一张纸条：亲爱的姐姐，我们都认为你的长发好看。署名是——全体同学。

　　就在新学年即将开始的时候，我接到了刚复刊的《武汉晚报》发来的录用通知，心里有一种怅然若失的感觉。

　　办完调动手续的那天是个雨天，学生们正在上课，操场上空无一人。我撑着伞，缓缓向校门走去。突然楼上的走廊里传来一阵喧哗声，不少学生竟从教室里冲出来，纷纷跑下楼，向我奔过来。

　　我与其说是感动，不如说被这一幕惊骇了，焦急地挥着双手大声地劝他们返回教室，他们不听。围住我的学生兴奋地告诉我，有个同学从教室敞开的后门那儿发现了我，率先跑了出来，于是我来学校的消息便传遍了整条走廊。

　　学生们的这种送行方式自然太出格，经我的央求还有校园门卫的干预，他们最终返回了教室。从教室传来了训斥声，我知道他们在这节课的命运。

　　当我跨出校门的时候，回身望见教学楼的阳台上站着一位老人，那是老校长。他的发丝愈发白了，但腰板还是那么硬朗。我猜想他一定看见了先前发生的那一幕，抱愧地欲向他解释，他摆摆手示意我不用解释，像个孩子似的向我顽皮地一笑，缓缓地做了个手势，好像在对我说什么。雨大，我没听清。

　　他大声地重复，我明白了，他说我的头发长长了。

　　多年之后，我看了法国影片《放牛班的春天》。影片讲述的是一位教师怎样用音乐的力量感化一群顽皮学生的故事。影片是在那个教师离开学校的时候结束的：他走出校门的那天，孩子们正在上课，当他怅然若失地提着那只简陋的皮箱拐过教学楼的时候，忽然有无数架纸飞机伴随着阵阵天籁般的歌声从窗口飞出。

　　我的眼睛和那位男教师一起湿润了。

（摘自《读者》2009 年第 5 期）

纯真年代里的纯真人情

徐小平

我当年能够来到北京的中央音乐学院读书，竟是因为在一个关键环节上，得到了一个和我一样的外地考生的帮助！这个外地考生就是我后来的同班同学王次炤，20 多年后，他成为中央音乐学院的现任院长。

最深沉的期盼

1978 年 5 月，中央音乐学院和上海音乐学院在上海联合招生。我脚蹬一双塑料凉鞋，手提一只尼龙网兜，怀揣几个茶叶蛋，肩背一架手风琴，从家乡江苏泰兴来到上海，参加了上海音乐学院作曲系和中央音乐学院音乐学系的考试。

至今我还清晰地记得，在上海音乐学院办理报名手续时，我看见一个登记名册的女老师，顿时被她的风采迷住了。于是我心里充满了对上流社会的神往。我暗自狠狠掐自己，一定要考上！

可是上海音乐学院让我名落孙山，中央音乐学院音乐学系的复试名单榜要过好几天才公布。我虽然有一种"不到黄河心不死"的心态，但老待在上海干等也不是个事儿，所以我决定先回泰兴老家去等。走之前，我嘱咐亲戚："到了发榜日，请帮我到上海音乐学院去看榜，如果有我的名字，赶紧给我拍个电报！我好赶来复试。"

嘱咐了亲戚，我总感觉到不够放心。但我在上海就这么一位亲戚，还能拜托谁？想来想去，我想到了在考场上刚刚认识两天的一个考友——王次炤。

次炤是来自杭州的考生，经历了上山下乡的考验，经历了青春虚度的折磨，终于赶上了恢复高考的时机。当时的他已经 29 岁，属于恢复高考后"老三届"中最老的一届。

我和次炤在考场一见如故，谈得很投机。从他看我的眼神中我知道，这是一个值得信赖的朋友。于是，就在匆匆离开上海的时候，我委托他，请他如果看到我的名字，给我发个电报。

我是多么希望自己能够获得复试资格并被录取啊！所以，这个对次炤兄的委托，凝聚着我对自己命运最深沉的期盼。

比我年长 7 岁的次炤兄，毫无疑问肯定比我更希望获得复试的资格。中央音乐学院音乐学系那次在全国范围内只招 10 个考生，考生之间竞争之惨烈不言而喻。我和次炤既是考友，其实也是竞争者。但我好像根本没有想到这一点，只是怀着对次炤完全的信赖，离开了上海。

及时的电报

如果我没有记错的话，复试名单发榜那天是我的生日。早晨起来，我就开始等电报，等待命运的宣判。但等到中午，电报还没有来。我甚至走到了邮电局里面去等，以防邮递员送错地方。但等到下午将近两点时，还是没有任何消息。

回到家中，爸爸妈妈也在那里守株待兔，而且已经知道"兔子"即使没有被别人拦截，至少也已迟到。当时的我也没有完全绝望，因为紧接着便是提前招生的艺术院校考试，7 月还有全国普通高校招考，我还有机会！

在下午 4 点多钟的时候，门外响起了决定命运的敲门声——来自中央音乐学院的复试通知终于到达了！随着街坊邻居的喧嚷声，爸爸、妈妈和我的眼睛立即亮了。

我的兴奋就不用说了。但当天泰兴到上海已经没有班车了，唯一能让我第二天早晨赶到上海参加 8 点钟考试的，是离家 20 多公里的长江边上，还有一班到上海的小客轮。那班客轮五等舱的乘客，全是带着自己的鸡鸭鱼蟹去上海赶早市的江北农民。而我，美滋滋地与那些即将被上海人民吃掉的鸡鸭鱼蟹一起，脚沾着鸡毛，头枕着波涛，面露着微笑，向着大上海，向着我的未来航行！

第二份迟到的电报

那天深夜，就在我和各种动物酣睡在一起的时候，另外一份通知我复试的电报到了泰兴家里！

家里人接到这份作为喜讯的电报，却出了一身冷汗：如果我只委托了一个人，而这个人恰恰是发送这份深夜来电的主儿，我的前途可就毁了！因为复试就在第二天早晨 8 点举行，除非我有直升机，否则只好望洋兴叹、遗恨终生了！这比收不到复试通知还要冤！

后怕之后，家人感到庆幸——幸亏那第一份电报！庆幸之后，大家又感到纳闷：是谁选择这么晚的时间把复试通知送给我呢？上海到泰兴的电报从发送到接收大概需要 4 个小时，半夜来的电报，发送的时候应该已经是晚上七八点了。故意这么晚才把消息送给我，这个人是谁？

家里人显然不会认为发第二份电报的是我的亲戚。那么，肯定是那位受我委托的考生，故意拖延到晚上才发电报。这样，他也许就可以消除一个竞争对手了！于是家里人都嗟叹人心险恶！

可叹的是，在这件事情上，大家的推测都错了！恰恰是王次炤——这位当时我还素昧平生、只是在激烈竞争的考场上萍水相逢的考友，看到复试榜上我的名字之后，花了宝贵的钱和时间，怀着纯真的心灵，在第一时间给我发来了复试的喜讯！

而我的亲戚后来则告诉我：他那天起来就没想去看榜，因为他觉得我根本没戏。到了傍晚时分，他信步走到离家不远的发榜处，在那里居然看到了我的名字，于是立即给我发电报，虽然当时已经是晚上七八点钟了！

亲戚是个老人家，我不能责备他！但我的心里立即充满了对次炤兄的无限感激！因为，如果不是他第一时间给我拍电报，我的大学梦一定就会梦断扬子江了！

纯真年代里的纯真人情

进了音乐学院，我和次炤住在同一个宿舍——还有另外十几个人。这十几个舍友里面，诞生了两位音乐学院院长、两位国家级乐队指挥、几位系主任和研究所所长，以及也许为新东方增了光，但肯定让音乐学院遗憾的我。

如同我在今天也不是一个成功的音乐家，我在当时也不是一个好学生。不过，正是音乐学院的 5 年磨砺，让我从一个"热血愤青"，变成一个有社会责任感和历史意识的青年知识分子，使我后来在追求个人成功与幸福的同时，也能时刻意识到自己作为一个社会成员所承担的公民责任。

我说不清楚，次炤兄后来担任中央音乐学院院长要职，和他当年给我发电报之间有什么因果关系。但有一点是肯定的：好人有好报！一个人做点好事并不难，难的是为和自己毫无关系甚至还有利益冲突的陌生人做好事。次炤兄这份拯救了我梦想和前途的电报，显然堪称纯真年代里纯真人情的典范。

（摘自《北京青年报》2013 年 1 月 8 日）

1982 年的 73 封信

欧晓鸥

　　那些泛黄的信纸是我在床下的小木箱里翻东西的时候，从一个大信封里掉出来的，是妈妈的笔迹。17 岁以后，我再没有写过信，那是非常耗费感情，非常奢侈的一件事。"今天读完你推荐的《金粉世家》，自觉不及《红楼梦》的十分之一。你批评琼瑶的小说庸俗，我却认为它细腻、优美……不过我还是决心像你希望的那样，多看世界名著，我想这样就能离你近一些吧……"

　　那是 1982 年，23 岁的文学女青年爱英，写给她崇拜的文学杂志编辑欧老师的信。可 2005 年，46 岁的爱英，除了《瑞丽》外再无兴趣阅读，欧老师在作家协会担任领导后也没再写过一篇小说。

　　1982 年 1 月 12 日："今天你第一次用自行车载我，虽然你连我有没有坐上后座都不知道，就径直骑出了老远，可我还是觉得甜蜜……"

　　1982 年 1 月 20 日："你对我诉说过去的婚姻是你心底的伤口，我好想告诉你，我愿意用全部的爱和温柔，抚平你的伤痛……"

1982 年 1 月 31 日："其实我知道我配不上你，你是文字工作者，我只是一个小小的护士，可是我又忍不住去接近你……"

原来雷厉风行的妈妈，也曾柔软过，怀疑着自己的渺小，却又坚信自己的爱情可以拯救一个痛苦的灵魂。

1982 年 4 月 9 日："我忽然开始怀疑，你需要的到底是一个帮你洗衣做饭的保姆，还是一个对象？"

1982 年 4 月 25 日："一连三天我病着，你看都没来看我，为什么老是我无条件地照顾你，你却一点点都不肯回报我，是你太粗心还是根本没把我当回事？"

在这几封信里，女青年爱英开始冷静下来思考。我的心紧紧揪了起来。

1982 年 8 月 8 日："我不知道我还能坚持多久，亲戚朋友的压力大得让我喘不过气来。在我看来，你 33 岁不重要，你离过婚有一个儿子也不重要，只要让我感到值得，只是……"

1982 年 11 月 19 日："这一次，我真的下定决心了，我最后一次帮你打扫卫生，衣服也洗干净晾起来了，记得收……最后，可否答应我三个请求？一、好好照顾自己，不能再瘦下去了。没有好的身体怎么能顺利进行文学创作呢？二、那件深蓝色的毛衣请允许我带走，继续为你织完。三、如果你愿意，可不可以给我买一个不太贵的小闹钟……"

看到这里，我的眼泪落了下来。1982 年的妈妈和我如此相像，天真、敏感，对感情过于执着。

所有的信到这一封便中断了，我不知道这 73 封信，爸爸当年是否真的收到过。我只知道，1983 年，爱英和欧老师喜气洋洋地结婚了。1984 年，他们做了我的父母。

那天下午，我坐在地板上哭了。原来上一代的爱情并不是我所猜想的那样乏善可陈，只是现在，再也没有谁愿意真正关注一个 46 岁中年妇女的抱怨。

回到学校，妈妈照例打电话问我的感情问题，我没有像往常那样不耐烦地敷衍，而是郑重地告诉她："妈，你放心，我会对自己负责。"妈妈沉默了很久，声音有点哽咽："女孩的青春没有多久，一犹豫一恍惚就过去了，感情的事情千万不要稀里糊涂。"

妈，你写在青春里那些没有寄出去的73封信，早已为我21岁兵荒马乱的感情路途指明了方向。其实，我应该早一点发现，而如果你也早一点明白你想教给我的东西，或者这个世界上就不会有我的存在！妈妈，真奇妙，不是吗？

（摘自《解放日报》2009年2月4日）

石板路上踏过的青春

骆非翔

　　他作为教育局的年轻职工，被安排去川西的贫困地区考察。他坐了一天一夜的车，其间从大巴转到小巴，再从小巴转到马车。后来走了两个多小时的山路，终于来到了一座大山的山口，这个山口通往的地方就是他要去的村子。

　　村长已经带人在那里等他了。村长见到他，连忙上去和他握手，说："陈老师，欢迎您来到我们半托村！"

　　村长引他上了一条去村子的山路，道路上铺着平平整整的石板。村长指着路说："这路是同学们为了欢迎您的到来，特意重新翻修的。""为了欢迎我，特意把路都重修了？"村长憨实地说："是啊！我们村子三年没有来过老师了。"

　　他，只不过是一个来考察的老师，孩子们却为他翻修了整整一条山路。

　　在那条山路上走了很久，到了学校。

他进了那破陋的校舍，在那几乎废弃的学校操场上，他看到孩子们早已经排着队迎接他，看他进来，全部敬了礼。他随着村长来到孩子们面前，村长大声地说道："同学们，让我们以最热烈的掌声欢迎我们新来的陈老师。从明天开始，你们又可以上学了！"

孩子们热烈的掌声猛地响了起来。只有他，呆呆地看着村长，轻声说："村长，我不是来教书的，是来考察的。"

村长愣了，问道："您不是上级派来支教的吗？"他掏出介绍信递给村长，说："我是来考察的，不是来支教的！"村长脸色顿时凝重起来。由于消息传达失误，乡里把他说成了来支教的老师，让村里的老老少少都空欢喜了一场。村长沉默了一会儿，对他说："陈老师，既然您来了，我还是想请您利用考察的这几天时间，给我们的孩子们上几课，可以吗？"他欣然答应了。

那三天，他就在破陋的教室里为孩子们上课。从早上到下午，再到晚上，没有一个学生离开。孩子们的饭菜都是家长们送来的，为的只是不让孩子们错过一点点可以学到知识的机会。

三天过去了。因为要赶乡里早上的车，在那个寒冷的凌晨，他开始打点行囊。村里的大人都拉着小孩来送他，有一个叫格吉的孩子用瘦小而有力的肩膀扛起了他的行李。他走在那新修的石板路上，心里满是愧疚和忧伤。村长带着孩子们一直把他送到山口，他从小格吉的手中接过包，然后双手合十对村长说："我只教了三天书，这样的盛情实在受之有愧啊！"

村长用憨实而笨拙的口气说："一日为师，终身为父，孩子们送你就是送自己的父亲！"

他的眼睛湿润了，独自打着手电走了，再也不敢回头。走了很长很长的路时，猛然听到后面传来脚步声，他用手电照去，居然是小格吉。他问："格吉，你怎么跟来了？"格吉轻声地说："我只是想送送您。"他挥手说："不送了，你回去吧。"格吉又说："我还是送送老师吧，因为路上有狼，上次要来的老师就是走到这条路上，遇到了狼，被狼吓回去了。"他心中猛地一沉，想起这些年，有很多因为吃不了苦从支教前线退却下来的老师，他们总是编出许多虚伪而幼稚的理由，而孩子们居然都相信了。他上前去搂住小格吉，说："你送完老师，不就要一个人回去了吗？你就不怕狼吗？"格吉羞涩地一笑，半天才吞吞吐吐地说："怕……可是，我们更怕老师不回来了啊！"

就在那一刻，他的眼眶再一次涌出热泪。他一把搂住小格吉，说："既然你怕，那老师就陪你回去吧！"格吉惊喜地问道："老师，您不走了吗？"他含泪微笑着坚定地说："不走了！"就这样，他重新踏上了那条为他重修的石板路，在那片荒凉的土地上留了下来，支教整整三年。

（摘自《读者》2008 年第 20 期）

都不过是人生的驿站

杨匡满

去年春天到大连采访，酒店老总受我朋友之托安排我的住处，当然是免费的。我进门一看，吓了一跳：是一套三大间的豪华包房，房价是 1888 元。我连说换个普通间就行了，可老总说：现在是淡季，普通间总还是容易租出去，你就住下吧，总得有人住对不对？

盛情难却，我只好住下了。想想自己这大半生走了多少路，住了多少旅店，或者在多少亲朋好友家下榻过，可真是数不过来了。

记得我第一次住旅店是整整 40 年前，我大学毕业不久。那时我在《文艺报》社工作。我被派去重庆出差，任务是了解长篇小说《红岩》的成书过程。同行的是我的顶头上司沈女士，她是老作家张天翼的夫人。重庆市文联把我们安排在一座木结构的看样子很旧的招待所里，走起路来咯吱咯吱响，全楼都听得见。时值 10 月，重庆的天气不冷不热，也没有雨雾。印象最深的还是重庆的饮食之美之便宜。招待所食堂里，几分钱一顿早餐，两毛钱一顿午餐，就蛮好了。老作家沙汀和《红岩》的作者罗广斌、杨益言宴请我们，一桌十来个人才花了 20 元，如今想来真叫人咋舌。印象深的还有旅店门口一个卖担担面的小摊，一毛钱一碗。我和张天翼夫人一人要了一碗，我边喊辣边说好吃。沈女士说，你再来一碗，小伙子嘛！于是我又要了一碗。谁想这第二碗作料少了许多，竟食之无味了。我抬眼看到那摊主老头一丝难以察觉的笑容，方明白他的狡猾：第一碗是吊你胃口，料你个书生不会吃第三碗，他便省一点作料了。

在那个招待所，沈女士住的是两人间，2 元一晚；我住的是 3 人间，1.5元一晚；都没有卫生间。

这在 20 世纪 60 年代是中档水平。文联接待的人开始不知道沈女士是张天翼夫人，沙汀老头恰恰是张天翼的老友，只见沙汀跟他们耳语了一阵，他们便马上要让我们住到什么交际处去。我们说住不了几天了，这儿办事情方便，坚持不换了。

斗转星移，谁想 7 年之后，我竟然住过 4 毛钱一晚的小店。那是我在湖北经过 3 年重体力劳动之后，在经过大轰大嗡大风大浪触及灵魂洗心革面之后，终于获得可以去庐山放松一下的 5 天假期。

约了两个同伴，从武汉坐江轮到九江，已是当晚 10 点。站在码头望去，这座名城当年竟没有几盏灯火。好不容易发现一家又旧又脏的旅店，就跟见到救星似的，今晚总算有个地方可以把自己放平了吧！可一问，没有空房间了。有通铺没有？连通铺都没有。旅店附近漆黑漆黑，怎么办？我们只好恳求服务员无论如何想想办法，凑合一夜。服务员说，那只好在走廊尽头给你们一张席子。我们一脸无奈又十分痛快：也只有这样了。于是一张草席，一个枕头，一条脏兮兮的被单。身下是两平方的矩形水泥地，头顶是嗡嗡盘旋的蚊子。一人收 4 毛钱。这便是我有生以来住过的最便宜的旅店。为了以后几天快乐的旅行，这点付出真是很值得的。

我一直以为我那 4 毛钱一夜是中国之最世界之最，没有人能比了。后来同奥地利一位华人朋友、浙江人鲁先生谈起，鲁先生说：你那不算最差的，我住过一晚两毛钱，几十个人的大通铺，理一次发才8分钱。想想也对，我那点"苦难"根本算不了什么。

第二年我再去江西时，我已是人民文学出版社的编辑。我的同伴是资深编辑周明，也就是后来被称为文坛基辛格的周明。我们的线路是南昌——吉安——赣州——瑞金——长汀，再进入福建永安——三明——福州——厦门——漳州，再到广东汕头——广州。一个月中，光是在长途汽车上就颠簸了2000多公里。每到一站自然先急着找旅店，哪像今天一到站就有许多人拉你去旅店，那时是求爷爷告奶奶地找住处。政府招待所也罢，学校礼堂也罢，路边鸡毛小店也罢，住了个够。那年我们的任务是沿途遍访业余作者，为筹备一家全国性文学刊物做准备。我们手持人民文学出版社的介绍信，住走廊的苦头倒是没有再尝过，偶尔还住过两天4元一晚带卫生间的宾馆——那是很奢侈了。为了旅途之夜有个放平身子的地方，磨嘴皮子遭白眼的情况也不止三回两回。

可也有愉快的时候。在江西吉安的招待所里，我们被安排在四人间，虽然挤一点，但出门就是洗漱间，还有蚊帐，我们很知足。妙的是同住的另外两位是分别从两个地方出差来的，大家萍水相逢，彼此没有戒心。一聊起来，四人3年前都被打成现行反革命分子，都遭受过关押，写过离奇古怪的逼供信。于是四人哈哈大笑，分明是难友，分明是他乡遇故知，述说当年冤屈如饮醇酒，真是有点人逢知己千杯少的感觉。两天后，服务员要我和周明搬到带卫生间的双人间去，意思是你们从北京来，理当优先。我和周明一再拒绝：这儿挺好，不换了。我们其实是舍不得两位室友。

转眼之间，改革开放都快30年了，每年我都有几次长途出差或旅行的机会。我住过珠穆朗玛峰下登山队的帐篷，钻进鸭绒睡袋忍受高山缺氧和零下20摄氏度的室温；我住过塔克拉玛干边缘农垦人员干打垒的招待所，那粉白的土墙和干干净净的被子令我十分惬意，而那位服务员兼厨师要我这个北京来的 12 品芝麻官给中央递一封告状信又让我啼笑皆非；我曾同诗人李瑛、牛汉、谢冕等一起访问初创时代的深圳，三个人挤一间不大的屋子；我也曾在厦门华侨补习学校享受一人一大套间的殊荣。特别是近些年，中国几乎都是带"星"的饭店了，我甚至在广东惠州四星酒店的"豪华美景房"一住半个月，从十几元一杯的橙汁到近千元一道的"虾龙船"，一律签单了事——想来，这是我人生中最奢侈的旅行了。因为我想不可能有人请我去住总统套房，就这样我已经惶恐不安了。

值得一提的是 1989 年 5 月我去德国明斯特市参加国际诗歌节，我和同行的山东诗人桑恒昌原以为怎么也会给我们两人安排一个"标准间"，岂知拿到钥匙进门，每人不过十平方米，一张床一个小桌一把椅子一个水龙头，此外什么也没有了，没有电视电话，卫生间在走廊那一头。一看便知是给过往学生住的廉价旅馆。两天后去老诗人邹荻帆和绿原的住处，有卫生间和电话，但也够不上标准间的水平。我忽然想到我访问匈牙利时我的匈牙利朋友卡尔玛·埃娃对我说过：全世界没有一个国家像中国人那样招待客人的。于是我也便心安理得了。一个诗人，一个旅游者，不就是普普通通的人吗？推而广之，什么委员部长省长，不也都是普普通通的人吗？管你什么国家，你是总统自有总统级的接待，你是富豪就自己掏腰包住五星级酒店。

我们在明斯特待得很愉快，以后到小城斯威比斯哈尔，住 28 马克一晚的小旅馆，睡威廉时代摇摇晃晃的铜床，也优哉游哉。再以后 10 年，我作为团长带中国作家代表团访问巴西，在圣保罗的几天我住在并不宽裕的一位华侨艺术家的小阁楼上，朴素、简陋，却充满乡情和友情，令我回国之后诗兴大发。

说起来，一个人的要求和欲望是有极大的伸缩性的。只要不挨冻受饿，不染上梅毒艾滋病，住得豪华一点简朴一点又怎样呢？人的价值并不是由你住的房间的标价来决定的，更何况每个人最终的归宿都一样，不过是一个尺把长宽的木盒，至多是一个小小的深坑。我还想到，无论是中国或世界，30

多年前 4 毛钱一晚的地铺怕是不会有了，即便再有，它和 1888 元一晚的豪华套房一样，都不过是长长的人生之旅中的一个小小驿站，又有何妨？

（摘自《读者》2006 年第 5 期）

我所知道的陈道明

江 平

　　陈道明不是艺人。直说，我非常讨厌"艺人"这个称呼，我和道明交流过，他也很讨厌。因为我们觉得，艺人是 60 多年前在中国大陆通行的一个对演艺工作者带有蔑视的称呼，是被人戏弄、侮辱和伤害的对象。新中国成立后，艺人这个名词一夜间消失，取而代之的是人民的"文艺工作者"这个庄严而伟大的称号。就陈道明而言，我觉得他无愧于这个称号。什么"明星"，什么"大腕"，什么"表演艺术家"，陈道明对这些肉麻的称谓都会不屑一顾，他最愿意别人给他的定位就是两个字：演员。

　　我想说说我所知道的这个喜欢被称作"演员"的陈道明。

第一次见到陈道明

　　那是 1985 年，我去南京演出。那时候，我是江苏省一个市话剧团的演员，听说南京电影制片厂正在制作表现南京大屠杀的电影《屠城血证》，便兴冲冲地赶到拍摄现场，因为戏中演日军头目的老演员是我十分熟悉的前辈刘江老师。

到了现场，就见一帮人忙着架机器、布灯光，而刘江老师正穿着戏服和一个"年轻鬼子"在一个角落里切磋着什么。我不敢惊动老爷子，悄悄躲在一隅，听得真切，那年轻演员的台词功底太好了！正在琢磨他是否在哪部电影中露过脸，就看到领我去剧组的制片主任阎友良匆匆走到他们身边："刘江老师，该拍您了。道明，今天可能晚饭前都拍不到你，要不要先送你回招待所休息？"

那个叫道明的年轻人既和善又沉稳地欠了欠身子："不用了，谢谢。把老爷子的戏先拍掉，好让他早点回去躺着。我没事，就在这儿琢磨琢磨戏，背背词儿。"接着，他又坐在一旁的条凳上弓着腰翻看着剧本，念念有词，很是认真。我悄悄问阎主任："他是谁？哪儿的演员？"

阎主任压低了声音："北京的演员，叫陈道明，名气不大，但戏演得一级棒，好得一塌糊涂。"

我这才仔细打量离我大概 5 米远的这位叫陈道明的演员：瘦瘦的，眼睛很有神，颇有些忧郁感，如果他不穿那套笔挺的日本呢子军装戏服，而是换上西服或是长衫，那他可能就是上海汇丰银行的买办或者复旦大学的教授。总之，他身上的文人气质更多一些。

刘江老师拍了几个镜头之后，趁换机位抽空休息，我看见陈道明立马把屁股下的条凳抽出来端了过去，恭恭敬敬地扶老爷子坐下，然后把一个大号雀巢咖啡瓶递给刘江老师——那时候还没有纸杯、易拉罐一类的东西，用装咖啡的瓶子当茶杯，当时是时髦事。陈道明声音不高，但特实诚："老爷子，我刚去茶桶给您添了点热的……"

我素来敬重老同志，见这位看起来比我大几岁的陈道明对前辈如此尊敬，自己又低调严谨而矜持，不由顿生几分敬意。

不久后，陈道明主演的《一个和八个》在搁置数年后终于在影院亮相，我估计陈道明他们都没有料到，中国电影的再度崛起居然与这部戏有关，中国电影的"第五代"导演真正被国际影坛注意，也是从这部电影开始的。

因《围城》一举成名

又是几年过去，陈道明开始有了些知名度，此时他碰上了一位好导演，碰上了一部好戏——《围城》。

《围城》的制片人是圈中的好大姐张雪村，她每天风风火火地穿梭在剧组现场与公司的办公地之间。那天我在斜土路碰到雪村大姐，她扯着嗓门对我说："平弟啊，我们组的男演员灵光啊，戏演得好是好的嘞……"当我听说这位主演正是陈道明时，不由分说跟着大姐追到现场。导演是黄蜀芹，谢晋大师的爱徒，在现场很威严，不苟言笑，从不轻易表扬别人，可她对陈道明却夸赞有加："道明身上有种傲骨，不是明星耍大牌的那种骄傲，是知识分子的风骨，一种孤傲，一种不羁，一种玩世不恭。他的这种气质就是活脱脱的方鸿渐！"

"方鸿渐"，钱钟书先生的同名小说《围城》中的男主角。陈道明是黄蜀芹三顾茅庐才签下合同的演员。黄导与我熟，多年后告诉我："陈道明挑剧本挑得结棍（厉害的意思），不是他拿架子，实在是他太认真了。他怕自己演不好。他说他没有 1949 年之前知识分子的生活感觉。我就说，你放开手脚演，结果陈道明说，试试吧，争取演好。现在看来，这个角色没有一个演员能超过陈道明。"黄导说到这里补充道："这不是我说的，是钱钟书老先生夸赞陈道明时这样讲的。"

《围城》给陈道明带来了巨大的荣誉，他真正成了家喻户晓的知名演员。"方鸿渐"的塑造已是有口皆碑，这里，我只想说一桩小事。

《围城》中"方鸿渐"的岳父岳母的扮演者，是当时上海市电影局的局长吴贻弓和夫人张文蓉。吴贻弓是导演出身，虽有《城南旧事》《巴山夜雨》等经典作品，但演戏却是大姑娘上轿——头一回。别看吴导拍戏时方寸不乱，可临时被抓差当演员，而且戏份特重，那真是难为他了。

那天拍一场搓麻将的戏，吴贻弓要么牌出错了，台词说对了，要么牌出对了，台词又说错了，弄得黄蜀芹导演急不得哭不得，只好重拍几条。吴导夫人张文蓉向来心直口快，直接"开销"老公："哪能介笨，这几句台词也讲不拎清？"没想到一遍遍搭词配戏的陈道明却极其谦和，不厌其烦。他还幽默地对"岳母"说："老丈人被您骂傻了，这戏咋拍呀？"只见陈道明不慌不忙地和吴贻弓聊着天，然后开始搓麻将。

圈子里的朋友都知道，陈道明是"麻坛宿将"，而张文蓉则是上影"牌桌大咖"，棋逢对手，一边打牌，一边顺词，吴贻弓老师本来就是绝顶聪慧之人，稍一放松，更有"女婿"体贴入微的关照，顿时状态到位。于是，一场戏酣畅淋漓地演完了。

多年后，我与陈道明熟悉了，他说："我还真不是拍吴贻弓马屁，我这人从来不求当官的，但我敬佩吴导的为人、学识和谦和。在吴贻弓面前，我觉得自己是学生。"我问他为什么？他说："吴贻弓这代人和我父亲一样，是有人格魅力的知识分子。"

陈道明的父亲陈宗宽，在旧社会就受过良好教育，同时也是目睹国家腐败、期望能改朝换代振兴中华的那一代人。新中国成立后，虽历经各种运动，但始终保持着知识分子骨子里的高贵和不屈、厚道与忠诚。他的言传身教，使得陈道明不同于一般的演员。陈宗宽起初并不同意儿子从事文艺工作，但当时的大背景是知识青年要"接受贫下中农再教育"。为了避免"上山下乡"，陈道明在父亲无奈的默许中选择了演戏这个职业，但他注定和别人不一样。

我是演员出身，我了解这个圈子，在摄制组，在剧团，不演戏时，大家不外乎围坐在一起喝小酒、打扑克、侃大山。陈道明也是剧团出来的，但他不想混口子。他也是跑龙套出身，别人怎么演他不管，他只要求自己认真对待每一句或是半句台词，哪怕他演的只是个"路人甲"。

为上海国际电影节做义工

走出"围城"的陈道明火了，火得很厉害。不久，吴贻弓先生和他志同道合的战友们在中国电影的发祥地上海，创办了中国人自己的第一个国际电影节。1993 年 1 月 11 日，首届上海国际电影节在新落成不久的上海影城大厅前举行升旗仪式，紧接着，我们一干人马紧锣密鼓开始筹备金秋即将拉开帷幕的盛大影展。

我们要面子，要为中国电影争气。吴贻弓说："要开源节流，电影节是电影人的节日，要请有品行、有知名度、有社会地位的艺术家为我们捧场，为我们赢得社会资金的支持。"于是，我以电影节办公室主任的身份，带着吴贻弓签名的亲笔信，和吴先生的公子吴天戈一道，直奔京城，邀请各路明星去上海造势，为电影节摇旗呐喊。在这些受邀的嘉宾中，就有陈道明。

记得我和吴天戈导演是在昆仑饭店的大堂见到陈道明的。他刚从球场回来，热情地招呼我们。打开吴贻弓的信笺，读完后舒了一口气："你们就知道我这人重旧情，'老丈人'给我下帖子，岂有不去之理？"我有些胆怯地问他："电影节没钱，只能给你买打折的普通舱，行不？"他笑了："你准备让我带铺盖卷吗？到上海找个桥洞将就一宿？"

我们都乐了。不用说，见面很愉快，临别的时候，他还悄悄付了茶钱。

走出昆仑饭店，我的心情顿时阳光起来，因为见陈道明之前，有人告诉我，你的这个邀请名单中，陈道明最难弄，因为他从不轻易参加乱七八糟的活动，也不到外面走穴挣钱，他这人，除了上台或者拍戏，闲暇时候就是三桩事：看书、打球、搓麻将。一般的迎来送往、吃喝宴请，他从不去的。

出行的那一天还发生了一段小插曲：同行的人里有一位活宝迟到了，而他身上还带着昨天热情地替别人代收的四张机票。那是 20 多年前，没有纸质的机票，天王老子也办不了登机手续。

只见陈道明不慌不忙走上前，脱下帽子，摘掉墨镜，特绅士地跟服务员做起工作来。也许是"方鸿渐"的魅力大，柜台上那几位年轻女孩居然把领导请来了，答应让我们一行先换了登机牌上飞机。上了飞机，眼看起飞的时间到了，那位迟到的哥们儿才把机票递到柜台，我们一帮人在机舱里急得快疯了。陈道明走到驾驶室旁边，又对乘务长开始"公关"，动之以情晓之以理，说明我们这伙人是去上海为电影节做公益宣传，都是不拿一分钱的，看在中国人自己办的第一个电影节的分上，能不能跟塔台打个招呼，晚个 20 分钟起飞。没想到，机长居然同意了。5 分钟后，那哥们儿像从澡堂子里捞出来一样出现在机舱门口，口里嚷着："对不住！对不住！"陈道明瞥了他一眼，伸手把他拽到身边坐下，轻声地在那哥们儿耳边说了一句："我最恨迟到的人！"

这场"机场惊魂"悲喜剧，让我看到了一个一般人看不到的陈道明，一个善良、能忍耐而又顾全大局的陈道明。

君子之交淡如水

这次活动后，我们便熟了。逢年过节，就有了礼节性的问候，有时互寄贺卡，有时通个电话，后来有手机了，就发短信相互拜个年什么的。说心里话，我觉得那时候的陈道明骨子里还是有一种傲气的，我又是个特随意的人，我是无名小导演，他是艺术家，我俩是背心到袜子——中间差着一大截呢！

没想到的是，几年后，我居然两次成为陈道明作品的监制，而从那时候起，我就叫他"老道"了——这是他圈里哥们儿对他的昵称。他也从来不叫我"某总""某局"的，从来都是直呼大名，我听来特别亲切。那一年，他到上海，拍我们公司的《上海人在东京》，他演一个在日本打工的上海人。那时候，他已经是大牌明星了，到哪儿都有一堆人追着，他依然很低调，当然也很孤傲，不像葛优，永远笑嘻嘻的。

有一天，在上海的棚里拍内景，我去探班，见剧组伙食一般，遂邀请他晚上到朋友开的饭店小酌。他问："还有谁？不投缘的我不愿意一桌吃饭。"我告诉他："还有你'老丈人'一家，还有你弟妹。"他笑了。

道明跟熟人在一起的时候，很可爱，一点架子都没有，饭桌上有说有笑，很有点冷幽默，有时候还会引经据典。不知谁又提起了《围城》，他特真诚地说："这几年，我觉得自己有些轻飘了，浮夸了，也许有点小名气了，别人也觉得我好像爱摆谱了……没想到，去了钱钟书老人家里几趟，我忽然明白了——那么大一位学者、作家，家里连台电视机都没有，也没啥现代化的玩意儿，除了那满屋子的书，家里最让我难忘的就是咕嘟咕嘟冒着热气的煨中药的瓦罐……"

那天，我们没喝酒，可我觉得老道那天像喝醉了一样，反反复复说了好几遍："在钱老先生面前，听他说上一席话，我真的觉得自己太无知、太渺小……"

我很少近距离接触他，但那天我分明感到，老道说的，句句都是发自肺腑。他不是一个谄媚的人，更不是一个会说假话的人。老道的可爱，正因为他的真实，好就是好，不好就是不好。他从不奉承，也不阿谀。有一回，吴贻弓要拍一部电影，赶到无锡外景基地去见陈道明。老道非常热情，"丈人"长"丈人"短的，但看完剧本，婉言拒绝了。他说："我演不了这个角色，演不好，演了，观众会骂。"他还说："有些朋友拍了烂片，或者戏演砸了，总推说是编剧不好，导演不好，我从来都认为，如果某一部戏不成功，应该先找自己的毛病，因为我是主演，我一定有责任。"

有人说他说不清道不明，我不这么认为。我一向觉得，陈道明很透明，他喜欢的剧本从不会轻易放下，他喜欢的角色会废寝忘食去琢磨。陈道明在

《康熙王朝》里演玄烨。那部戏，跨度几十年，他从青年演到垂暮，丝丝入扣，张弛有度，顾盼生辉，把康熙演活了！我多次去探班，从不敢惊扰他，甚至到了片场，都不去和他寒暄，因为导演说，陈道明是用心在演戏，康熙已经融化在他的躯体里了。多少年过去了，《康熙王朝》只要重播，我还会看。

（摘自《新民周刊》2015 年第 31 期）

又到中午

贾樟柯

　　小 A 坐在我的斜前方。她其实比我高半头，但因为怕影响其他同学学习，班主任把我们几个不听话的男生调到最后一排。这里是班里的一块"飞地"，我们可以传纸条、看闲书，或者趴着睡觉。铃声响起的时候，我从课桌上爬起来，揉揉发麻的胳膊，漫不经心地瞟了小 A 一眼。

　　她低头收拾好课桌上的书，然后直起身子等待老师下课的指令。我注视她的背影已经长达一年：我能捕捉到她肩膀的每一次轻微晃动，这晃动产生的余波让我心生涟漪；我会随着她的视线望向窗外，阳光下寂静的校园，飞过的群鸟有幸进入她的眼帘。爱慕在我的心中跋山涉水，但在教室里，她和我相隔仅仅两米。这两米是我跨越不了的崇山峻岭，我的心空旷而潮湿。我逆光注视着她耳边灿烂的细发，用目光完成一次次轻抚。我低头，躲避自己的爱情；抬起头，期待又一次目光的相遇。

　　她离开教室，融入外面同学们的喧闹之中。我坐在教室里没有出去，我不想成为她的追随者，虽然没有人会知道。是的，我想保持我的骄傲。

　　小B，我的哥们儿，走过来挤坐在我的凳子上。他拍了拍我的脸："你看你，脸上全是印子。"我笑笑，揉揉自己的脸，想找一句脏话骂他多管闲事。小B有事相求地笑着说："你觉得小A咋样？"我沉默，以为朋友看破了我的心思。小B接着说："我喜欢她，写了封信，想今天中午放学就给她。"多年之后我才明白，这一刻我经历了此生的第一次心头重击——长久地沉溺于幻想，就会突然遭遇梦境破灭。

　　即将表达爱意的小B，想向我寻求些精神力量。那个年代中学里的爱情是：你想往前一步，就有可能满盘皆输。因而，会犹豫，要试探。

　　我应该是鼓励了小B。中午放学，他抱着书包尾随小A走了。那时候中午放学是要回家吃午饭的，我裹在正午的人流中回家。白花花的阳光下，在我眼里，满街都是没有爱情的人。否则，为什么骑摩托的人会猛按喇叭？为什么他们不洗干净自己的衬衫？为什么正午的广播里一直在讲钩心斗角的《三国演义》？我是这人群中的一员。

　　爸爸妈妈在工厂里加班，我回到宿舍区的单元房，一个人在厨房里煮方便面。

　　我吃着饭，有一种直觉，觉得她会来。我的耳朵保持警觉，期待她的出现。我们没有约过，但每天都会在上学的路上碰见。我们的目光偶尔也会相遇，她会笑一下，然后恢复严肃。

　　突然，楼下有人喊我的名字。我没有听错，是小A的声音。那样理直气壮，好像在叫我下去理论，毫不避讳、正大光明。

　　我和她站在楼下的空地上，这是小区里最显眼的地方。她换了件白色的衬衫，这让我觉得很奇怪——那时候，没有人会中午换衣服。我开口道："找我干什么？"小A："我看你在不在家。"我不知道接下来应该说什么，她也是。两个人在正午沉默，让灼人的阳光成为主角。我叹了一口气，她笑了笑，理了一下被汗水浸湿的鬓角，转身走了。我不知道她为什么要来找我，我没有多说一句话，也没有去追她。我站在原地，一个人接受阳光的拥抱，犹如一个雪人，在正午融化。过去的我片甲不留，现在的我刀枪不入。

后来，我离开汾阳，在深圳工作了二十三年。我很少回家，我不知道自己想忘记什么，我甚至也没有想到要忘记。有一页被翻过去了，那就让它过去吧。

上次回汾阳，是在我们中学校庆的时候。我们班大聚会，我去了。小 B 现在在安徽工作，小 A 一直在县城生活，已经是一位母亲。多年不见，我的话反而多了。她一直笑着听我讲话，她的沉默还是那样丰富。

那天，不知道为什么，她后来一个人走到餐厅外面。也不知道为什么，我跟了出去。正午的阳光下，我望着她的背影。她鬓角的乱发被汗水打湿，如同少女时代。我问她："高二的时候，有一天中午，你是不是来我家找过我？"她看着我，并不避闪我的目光："没有。"

之后，她笑笑说："那天，有人给了我一封信。我去你家，以为你也会有这样的信给我。"

我不知道该说什么，她转身回了餐厅。又到正午时分，刀枪不入的我如雪人般融化，露出十七岁时的原形。

（摘自《读者》2018 年第 13 期）

正在消失的事物

胡 弦

正在做作业的女儿突然抬起头来问：瓦是什么样子的？

我有些惊诧，奇怪女儿怎么会不知道瓦的形状，但随即醒悟过来，现在城市里的高楼大厦是不用瓦的，瓦在农村。于是双休日我带女儿回了趟农村老家，想让她见识见识什么是瓦。

但我失望了。领她在村里走了一圈，村里到处都是平房，还有两层三层的小楼，全用水泥墁顶（方便晒粮食），却唯独没有瓦。

父亲说，现在盖房子已没有人用瓦，连砖瓦厂都只烧砖不再烧瓦了。

原来，不知在什么时候，瓦已从大地上消失了。

想起小时候见过的瓦。瓦分大瓦和小瓦，小瓦看上去造型简单，是一种弧形的灰色陶片，约三十公分长，苫顶时交错成行放置，形成瓦垄，讲究的人家在檐水处还要放上镂着花纹的瓦当。屋子盖得久了，瓦片由灰转青，瓦垄里还会生出一茎、两茎的长草来，配上高墙、门楼，那是殷实人家的象征。一般人家苫大瓦：一种有许多突起和凹槽的瓦，相互扣在一起，屋面的坡度也稍缓一些，看上去比小瓦显得平易而活泼。

但它们竟消失了。想一想，又岂止是瓦呢，还有许多东西也只能在记忆里追寻了。

比如坯，泥里掺上麦穰做成的长方体泥块，晒干后砌墙用的。

比如石臼，那是春粮食的工具。村里的石臼一直放在三婶的门前，每天都会有三三两两的妇女在那里春麦粒或玉米，因此，那里也是村庄新闻的发布地。据说下雷雨时，石臼里的水可以洗掉人身上的刺瘊子。我没有试过，不知真假，如今却没机会试一试了。

比如独牛，又叫独轮车。这么多年，似乎只在城里的淮海战役纪念馆里还有一辆。战争年代，那可是支前的大众工具。

岂止是木头做的"牛"，耕牛也已少见。现在耕地，已全用机器。而在过去，养牛的屋子是村子里最温暖热闹的去处，拉呱，吸烟，年轻人赌钱，偶尔有外乡人经过，在这里避一阵寒或像是无意中谈起村子里的某个年轻人以及家境，有经验的老人都知道，这是特意来打听做媒的。搭话的人，有时一句评价就能成就或坏掉一段姻缘。牛屋的隔壁就是磨房。冬夜漫长，墙上的马灯光很温暖，石磨安放在屋子中央，一头蒙着双眼的驴子，步履坚韧，一圈又一圈，耐心重复着自己的脚印，石磨嗡嗡作响，像是用力推着才能转动的缓慢时光。我有时会裹着祖父的黑袄在麦穰窝里睡去，麦香弥漫，洁白的面粉像细碎的阳光，缓慢地流进我的睡眠里。

没有牲口，铁犁也就用不着了，听说村里的最后一架铁犁也已在数年前当废品卖掉了。

还有斗笠、蓑衣和油纸伞，这些仿佛一消失就飘回古代去的事物，现在只在古装戏里才得一见。

每一个事物的消失，都会连带一种活动的消失或改变。比如铲子，那是小孩子铲草的工具。铲草的间隙，还有一种游戏是斗铲子，我印象尤深，即两把铲子的刃相对着砍在一起，刃上凹痕浅者为胜。那可真是让人心疼的游戏，但蕴藏着难以割舍的欢乐。

还有碌碡，它连带的是打麦场上的热闹。黄金铺地，人喊马嘶，碌碡吱吱嘎嘎地转动，挑穰子，扬场，金色的麦粒在空中如雨跃动，麦糠飘飞，人人脸上带着笑容，构成繁忙而充满了喜悦的丰收场景。

一些事物的消失，联系着另一些事物的新生——进步总是让人欣慰——机械化早已实现。荧光灯的光芒把煤油灯赶下了桌台，即便是在这并不发达的乡村，电视也已普及，个别孩子还可以使用电脑，再也不会像我们小时候那样，忍着寒冷缩紧身子，到村头的老槐树下听说书先生讲古。

但事物的消失有时也连带着许多美德的消失。那口水井的旁边，过去有老王奶奶的茶水铺，木桌上，几只铜炊壶，几只海碗，用纱布盖着，过路人喝一碗水，她是不要钱的。后来他儿子经营，粗茶汁也要两角钱一碗。前两年改成茶社，这是故乡的第一座茶社，是可以打牌下棋的场所，但一杯水已涨到十元。因此回想起已过世的老王奶奶和她早已消失的铜炊壶，不免让人心里有些许惆怅。

（摘自《文汇报》2005 年 4 月 29 日）

寻找冬日的灯盏

吴佳骏

时令渐入冬季，该静的，都安静下来了。

每年的这个时节，我的心，都有种被静谧抚慰过后的透彻。尽管，寒冷会使我的生活秩序或多或少遭受一些影响。

城市钝化了人对自然变化的敏感。

无论是走在喧闹拥挤的大街上，还是站在家中孤悬的阳台上，我的目光都是那样惊悚不安。我看到很多的老人，待在屋子里，偎着个电火炉，和一只猫说话，和一只狗谈心。我看到更多的年轻人，坐在街边的餐馆里，谈工作、谈爱情。每个人都有自己过冬的方式，都有独自抵御寒冷的办法。

季节的冬天来临了，一些人的冬天，也在来临。

入冬那天，我回了一趟老家。临走前，我在城里买了两件毛衣，两瓶烧酒。毛衣，是买给母亲的。在我的记忆里，母亲很少穿毛衣。我五岁那年，父亲从远方回来，买了一件黄色毛衣作为礼物送给母亲。可母亲一次也没穿过，她将那件毛衣拆成线团，改织成一条围巾和一件小毛衣。后来，那件小毛衣，穿在了我的身上，而那条围巾围在了父亲的脖子上。

烧酒，是给父亲准备的。晚年的父亲，把酒视作他精神上的一盏灯。没了酒，他会很寂寞。酒，是支撑父亲过冬的良药。唯有酒，才能使父亲的人生明亮。

乡村的冬天，多了些宿命的意味。

落光了叶子的树枝上，挂着两个空鸟巢，像两顶乡村老人丢弃的旧毡帽。村头的那条河流，变得比以前浅了，瘦了，沉静中透着忧伤。野地里，薄霭朦胧，白色的雾状颗粒，洒满了田间堆积的草垛。寒气上升，弥漫在身体周围，濡湿了我的视线，也濡湿了我的记忆。

小时候，我和姐姐常在黄昏时分，走向冬日的山坡。姐姐肩背背篼，手握割草刀，寒冷将她的一双小手冻得通红。五根指头，像五根细小的胡萝卜。姐姐每天都必须赶在天黑前，割满一背篓野草。圈里的那头老牛，还盼着她带回的晚餐呢。我则牵着家里唯一的一只羊，跟在姐姐身后，鼻涕挂在嘴角，像凝结的冰凌。我怕冻坏我的双手，只好将手插在裤袋里，把拴羊的绳索套在腰上。喂饱羊，是我每天的责任。

姐姐每割一会儿草，就要抬头看我一眼，也看我身边的羊一眼。她在看我们的时候，内心是充满恐惧的，她那惊惧的眼神里，总是闪动着一丝不确定的信息。我知道，姐姐是怕我，或者羊，会被冻死。而无论是哪一种情况，她都没法回家向父母交差。羊的生命和我的生命，同等重要。

每年，都有一些人，或者一些牲畜，在冬天死去。

我们永远记得爷爷临终时的样子。那个冬天，村庄迎来了入冬以来的第一场雪。雪花纷纷扬扬，飘落在故乡的大地上。地面上积满厚厚的一层雪，雪覆盖了地上的荒草，也覆盖了平时熟悉的道路。爷爷嘴叼大烟袋，抬头望望天，半晌才说了句："狗日的雪，下了四天四夜了，啥时才有个完！"说完，他就牵着圈里那头老牛，慢慢地向远处走去。那头牛，跟了爷爷许多年。无数个冬天，他们都是在相互依偎中度过的。

那天，直到天黑尽，也不见爷爷和他的那头牛回家。而雪花还在继续飘洒，丝毫没有要停止的意思。当我们打着火把，在田野里找到爷爷时，他已经伏在牛背上，四肢僵硬，永远地睡着了。牛的背上搭着爷爷身上穿的棉大衣，而爷爷的整个身体，早已被雪花覆盖，像一尊凝固的雕塑，定格在一片冰雪世界里，也定格在我们的记忆中。

活下来的老牛，很孤单，衰老得也很快。做一头牛，或一只羊，也是不容易的。

爷爷走后，父亲将饲养老牛的任务，交给姐姐去完成。他说："老牛在，你爷爷就在。"

从此，姐姐和我，心里都充满恐惧。我们担心，在某一天，老牛也会像爷爷一样，安静地死去。这是我们无法掌控的结局。

谁能真正熬过冬天呢？

父亲抡着臂膀，在院子里劈木柴。母亲将劈开的木柴堆到墙角，垒出碉堡的模样。他们在替自己积累生活的资源和能量。他们的心里，需要旺盛的火焰和光源。

母亲知道我要回来，停止了去野外的一切劳动，特意取下灶梁上挂了一周年的腊肉，为我做了一桌丰盛的晚餐。劈完木柴的父亲，冒着寒冷，在村头徘徊，坐立不安。一双昏花的眼睛，直愣愣盯着回村的山路。他渴望在那条路上，看到我归来的身影，就像曾经望着我离村时的背影，以及那一个个滞重、坚定的脚印。

入夜，四周都安静下来。干涩的冷风，在屋子外钻来窜去。父亲、母亲和我，围桌而坐，热气腾腾的饭菜，摆了一大桌。这种暌违已久的亲情氛围，让我感到一种踏实而宁静的幸福。父亲和母亲，争着为我夹菜。我回家的日子，成了他们最为隆重的节日。

但在父母高兴的背后，我隐隐感觉到一丝不安。透过十五瓦电灯泡暗黄的光线，我看到了父母身体上，那被岁月的利斧斫伤的痕迹。母亲脸上沧桑的皱纹，已经不能再掩饰她经受风霜雨雪后的平静。父亲弯弓的脊背，掉光的门牙，以及他那条患风湿病的"老寒腿"，都在时间的监视下，证明着他苦难的人生，离最终的大地，越来越近……

凝视父母，我有一种说不出的难受。

他们都生活在寒冷里太久了，以至于他们的生命里住进了一片雪原。那片雪原，不是火能够烤得化的。父母所需的温暖，也绝不是一件毛衣，或一瓶酒就能解决的。

那么，冬天所呈现的色彩，只能是一种惆怅和悲凉吗？

我时常想，爷爷在多年前那个冬天的辞世，绝不是因为那场持久飘飞的大雪，也不是由于下雪所带来的更大的寒冷，而是源于嵌入他骨子里的巨大的孤寂和绝望。这种生命的感受，是生活馈赠给他的，只有他自己能够体会。如果，曾经深爱着他的奶奶，不曾先他而去，也许，爷爷的孤寂，就会分出一份，让他生命中的另一半去承担和消磨。如果，我的父亲，曾经能把自己的时间和精力，抽出一小半，投入到爷爷的晚景中去，爷爷的孤独感也不会那样强烈。

可我父亲，当时都在干什么呢？

有些事情永远无法说清，回忆总是布满伤痕。现在想来，我是理解父亲的，父亲也有他的苦衷。在一次醉酒后，父亲拉着我的手说："孩子，在过去的那些日子里，要不是我和你母亲，你和你姐姐，甚至我们这个家，恐怕都难平安过冬。"

爷爷把人生最后的信任和安慰，留给了陪伴他大半生的那头老牛。他相信，老牛是理解他的。只是不知道，老牛的内心世界，爷爷能否看透？

有春天，就一定有冬天；有年轻，就一定有暮年。暮年，也应该有美丽和浪漫的一瞬吧。就像雪花的飘落，不只代表寒冷，也昭示春讯。

母亲穿上了我为她买的毛衣，虽然，她的表情告诉我，这件毛衣并不合身。母亲是属于乡村的，她已经习惯了穿棉袄，也练就了抵御寒冷的能力。这种扎根泥土的生存，曾使母亲尝试过各种各样的活法，有时像庄稼一样活着，有时像野草一样活着，有时像树一样活着……

活下来的母亲，走过了一个又一个漫长的冬天。

母亲反复抚摸着身上的毛衣，脸上浮现出她一生中少有的荣耀。我不知道，这种虚幻的荣耀，能否支撑她平安地走过比寒冬更难熬的暮年。

我从母亲身旁站起身，推开房门，看见父亲躺在床上，鞋也忘了脱。如雷的鼾声，打破了冬夜的宁静。吃饭时，父亲看见我为他买的酒，有些兴奋，忍不住多喝了几口。酒再一次让他找到了作为父亲的尊严。

除了酒，还有什么，能将父亲的晚景照亮？

在父母心中，我是他们共同的灯盏。但我能成为他们心中一盏永不熄灭的灯吗？

有灯照耀的冬天，是温暖的。心温暖了，生命才有亮色。

谁要是站在冬天的边沿，能看到春天的阳光，谁就是幸福的。我看到了——尽管，我是代替母亲看到的。

母亲，是没有春天的。

没有春天的母亲，用自己寒微的一生，千百次，将春天唤醒，像唤醒另一个人提前到来的幸福。

（摘自《读者》2009 年第 5 期）

对 70 一代的嫉妒

张悦然

　　父亲曾在一所大学里做过 88 级中文系的辅导员和此后几届的老师。有一年暑假，他拿回学生的毕业纪念册的那天，整个下午我都趴在床上翻看，我对于它们的浓郁兴致，是父亲无法理解的。每个人的照片背面，都有一段寄语。女生们多是抱着一棵柳树侧身倾泻长发，或是坐在草坪上环抱双膝；男生们则在山顶眺望远方或站在一条大河前，他们看起来满腹壮志，身上没有电脑游戏和网络聊天带来的恍惚和疲倦。那些寄语是很有趣的，里面不约而同地用了"风景""远方""飞翔""梦想"等词语，豪情万丈。小时候我写作文的时候倒是常常用到它们，却不知道风景、远方都在哪里，非常空洞。原来这些词是属于他们的，离我太远了。

　　我以为长大之后就可以拥有这些词，却不知道我在走，时代也在走。70一代的青春，在新旧世纪板块的交会碰撞中，迸裂出去，像一个孤岛远远地漂走了。那些词，也被带走了。

　　但我至今仍旧记得他们的青春是什么样子，仍有着那么鲜明的轮廓。在最好的年龄，世界在他们的眼前打开，都是新的，都是未知的，他们可以运用无穷的想象力去靠近和迎接。

　　郑钧的《回到拉萨》唱出了许多人的梦想，西藏是圣洁和神秘的，去一次西藏仿佛就能成为英雄。他们想去远方，但不是去旅行，"看到"对于他们而言，实在太轻了，他们要的是"抓住"。所以他们到处漂泊，一定要闯荡出一片属于自己的天地。这种笃信，可能是青春期最大的福气。他们伴随着中国的摇滚乐一起成长，最初的一声嘶吼让他们难忘。金庸的小说把古代的侠气带给了他们，从他们的视野里可以看到一个江湖。海子和顾城是他们的偶像，所以即便置身于高楼大厦中，他们也还怀着"面朝大海，春暖花开"的田园梦想。也只有他们，还一厢情愿地相信黑色眼睛是上天的馈赠，用以寻找光明。我至今清楚地记得那一年大街小巷的书摊上用记号笔写着：新到路遥《平凡的世界》（那时候图书界还没有开始流行贴海报，广告语也根本不需要）。他们手抄席慕蓉和汪国真的诗，用300字一张的方格稿纸给同学写信。物质和精神，他们的选择都不多，视野也有局限。因为如此，他们才可以那么专注。可是所有的这些，都深植于他们对这块土地、这个时代的热爱。

　　前几日，我特意让父亲把那几本多年前的毕业纪念册寄来。在上面我又看到了姜丰，她是父亲的学生。12岁的时候，我读着她寄来的刚出版的新书《温柔尘缘》。那时候她与现在的我差不多大，书中写的大都是大学生活和同学之间的情谊。还写到他们代表复旦大学参加"国际大专辩论会"，在训练中与队友和老师产生的深厚感情，那种强烈的集体归属感与责任感和为荣誉而战的顽强斗志，真令人羡慕。她讲起那些事情，一件件，脉络清晰、细节质朴且有呼吸。尘缘应该就是如此，细微琐屑但有经久弥深的情谊。

　　12岁的我，希望将来和她一样。十几年后，我出版了自己的书，却没有长成和她一样的人。我好像无法像她一样，饶有兴趣地记录成长的轨迹以及那些重要的人。当人没有理想、没有集体的归属感时，所有的记忆都是零落的。我试图将它们捡拾起来，梳理并且排列。这时我才发现，整个青春期的感知都是非常虚妄和空泛的。

80 一代，初懂事时看到的世界，到处都是新鲜的东西，琳琅满目、应接不暇，所以他们天性好奇。如果占星学有参考价值的话，1982 年到 1988 年出生的人，天王星在射手座，对新生事物充满兴趣，随时可能因为受人影响或者任何奇怪的理由而狂热地喜欢上某种东西，那种感情甚至带有宗教一般的庄重感。可是不会长久，他们很快就会移情。

在日本漫画和香港电视剧里度过了孤独的童年，西方流行音乐像单车一样伴随他们上学放学，肯德基和麦当劳是最好的犒赏。一时间，所有东西都是进口的，进口的代表一种品质保证。更重要的是，它也许代表一种时髦，是一种发誓要与父辈陈旧落伍的生活划清界限的决心。"舶来"，真是一个形象的词，海那边运来的东西一定是好的，所以 80 后念书的时候，连一块橡皮也希望是舶来的。舶来的精神，舶来的物质，80 后生活在港口边，每天接下舶来的东西，拆开一只只带来惊喜的礼物盒，用它们装点自己、充实自己。80 一代，是"媚"的一代。"媚"可以使他们日新月异，"媚"也使他们从来没有一块自己耕耘和浇灌的土地。

人们都在说 80 后是有个性的一代，许多 80 后也对 70 后的那种以群体方式发出声音的做法非常不屑。但是这种个性究竟是什么呢？这一代人听着欧美摇滚乐、看着村上春树和杜拉斯的小说长大，他们很注重在阅读、音乐以及电影等方面吸收国外的新鲜事物。在很长一段时间里，小野丽莎、村上春树、杜拉斯、阿尔莫多瓦几乎和牛仔裤、化妆品的品牌一样，是一个个标签，代表着某种品位，可以引以为骄傲。在品位的不断更新上，我们这一代人真的很努力。80 后最初的文学创作中，充斥着各种外国品牌、乐队和导演的名字。他们还从中得到一种情绪——垮掉的，孤独、颓废并且厌世的情绪。这种情绪没有成为我们的精神力量，倒成了不求上进的借口。我们就是从这些当中找到自己的个性，把被美化的品位当作一种创造吗？是的，整个青春期，鉴赏力代替了创造力，制造出繁盛的幻觉。

我总有一种担心，若干年后回顾过去的时候，这些青春的记忆会不会让我们觉得羞愧。因为我们所有的热爱都没有根基，也没有给过我们精神力量。它们像某个名牌的 10 年或 20 年回顾画册，展现着一年又一年的流行风尚。而偶尔有过的激情，也显得如此莽撞和苍白，像一些被线绳支配的小丑。

我有两个生于 20 世纪 70 年代的朋友，大学的时候是同学，这么多年过去，还是最好的朋友。可是他们看起来完全不同——性格、爱好以及现在的生活环境都不一样。将他们牵系在一起的，是理想——将来要一起捐几座希望小学，还打算有一天把两个人的藏书合起来，捐一个小型的图书馆。为此他们努力赚钱，用心收集各种图书。他们的友谊，80 后恐怕是无法理解的，这样的理想也离 80 后们很远。无怪乎曾有另一位 70 一代的朋友，质疑我们这代人的友谊，说我们看起来很肤浅，只是为了做伴，一起吃喝玩乐。我竭力反驳他，却很心虚。和朋友在一起，的确都是玩乐。少数有意义的事情，当时大家都兴致勃勃，后来都因为难以付诸行动而破产。小时候我也做过班干部，但是成年后，我最大的愿望就是不对自己之外的任何人负责。因为你真的不知道有什么可以把大家捆绑在一起，那种凝聚力来自哪里。我们的自由可能过了头，没有连着大地的根系，也无法互相补给营养。

我念初中的时候，住在大学的家属院——临街的楼，隔一堵墙，外面有许多饭馆和小食摊。四月一到尤其热闹，当年要毕业的大学生，每个晚上已经开始为了告别而聚会。他们唱歌、高喊，把啤酒瓶摔得粉碎。有人说出了埋藏的爱，有人泯去了心中的仇。唱着诸如《水手》《一场游戏一场梦》《大约在冬季》那样的歌，忍不住哭起来，哭得撕心裂肺，好像要经历的是生离死别。也许他们已经有了某种预感，这个质朴而单纯的时代正在渐渐远去，他们和他们的理想终将分道扬镳。

　　我看到过这一幕吗？没有，从来没有。作为一个对前途在意、对自己负责的好孩子，那时候我已经躺在床上，被毛绒白兔和长颈鹿簇拥着，沉入乏善可陈的梦境。可是在梦里，他们的哭声一定惊动了我。我或许是被挑选的见证者，所以有关这些，我都记得。

（摘自《读者》2009 年第 3 期）

有多少人还能回到童年住的房子

鞠白玉

　　每逢长假来临，我的一位外国朋友就像任何一个在春运里想尽一切办法要回家的中国男孩一样，思乡病起。他用不怎么流利的中文说："我必须回家拿回我自己的力气。"就好像在异乡是一种消耗，回家是补给。虽然平日里他和父母并不频繁联络，父母旅行时就在时程3小时的邻国，也不会专门来北京看他一眼，但你刚觉得他们家庭关系淡薄，又发现他们见面时非常亲昵热络。对于父母来说，孩子回家的日子，是放下手边一切重要工作的家庭日，在任何时候都是节日。

　　所谓家园，就是他自出生起便生活的地方。现在他回到这里，一切轻车熟路。他敲响院外的大铜铃铛，带我们去看附近小树林里他童年时用绳索做的秋千，上面已长满青苔。某一棵外形并无特别的树被他准确地认出来，他称之为"我的树"——那是他出生那天父亲种下的。还有和他18岁离家时没有任何差别的房间，栏杆上刻着他当时喜欢的电影明星的名字，楼梯后面是每年的身高刻度。他能翻出一些从前的唱片和影碟，塑料盾与木剑，断了手的锡兵和石头、木棍，以及一切古怪的收藏，都完好无损。

他18岁以前的全部物件记忆都被父母保留下来了。回到家里，他仍然像孩子一样被对待：父母常做些他小时候爱吃的食物，他每天如同儿时暑假般和家人一起出行、游泳，或是在家一起看场球赛或电影。

他说他年近40岁的哥哥求婚失败，被女友摞在滑雪圣地的酒店里心灰意冷，拿起电话打给父母，说："我要回家。"

于是他父母专门赶去接他哥哥回家。在此之前，自长大成人，他哥哥保持着每3年回一次家的频率，可在伤心痛苦中，他下意识地要回家。他回到自己童年的家园，是去触碰真实的自己的一部分，这是一种有效的抚慰。虽然伤痛平复后他仍然很久才回一次家，但父母、家园就是无须时刻眷恋却总是真切的存在，没有难分难舍的纠葛。

这世上所有的孩子都会有忽然想要回家的时候，这不关乎地域、种族、文化。从出走到独立，到回归，只有回家的部分应该是最温暖的旅程。他们的回家不带有复杂的情感，无须证明自己，不被评判，无须谈论职业、收入，无须交代私人生活，回家就仅是和小时候的自己重逢。

而我的童年记忆变得没有任何证据，虽然家人很努力地保留过一些我小时候的东西——背诗的录音磁带、童书、望远镜、日记和同学间的往来信件，但是因为数次如南征北战一般的迁徙搬家，以及无法承受的庞大的日常杂物累积，它们作为别人眼中的破烂儿彻底消失了。

我们很少有人现在还能回到童年伊始就住的房子，那多是单位的家属楼或已在拆迁范围内的旧商品房，在三十几年飞速发展的社会里，我们的生活到底是从容了还是更仓促了？这是个矛盾，大时代里的人常会在充裕之时怅然若失。

买一套更新更大的房子，置办全新的家具，过一种崭新的生活——我们什么都要新的，邻居经常更迭成新的面孔，因为总有人把房子卖了，有人买下这套房子重新装修。有时装修时间长达两年，住了一年后又有新主人迁入，否定了这个风格。周而复始，循环往复。我们无法社区化，四周望去没有熟人，只有邻里。

在一个二线城市，我的某个朋友好端端地搬了 7 次家，每次都是因为她母亲又看上一个新小区，要换新房子，于是十几年的时间就在买房、卖房、装修中度过。她在外地要是一两年不回去，就很可能找不到家门。当然，十几年里跨城跨省搬家的也大有人在。但是你到这样的家中去做客，会发现四处都乏善可陈，刻意显示屋中奢华，又处处透着节省算计。中国大部分人家的家装风格都奇像——木地板、电视墙、绸缎窗帘，宽大的整体沙发配玻璃茶几，茶几上是零乱杂物。一到傍晚，一家老小横七竖八地仰倒着看综艺节目或电视剧。

你不得不说，那是因为经济宽裕了，大家都想提高生活质量，所以在 7 次搬家中每次我朋友家的面积都更大。为了让屋子不显空旷，她母亲必须煞费苦心地添置物品，于是有了大型十字绣、大水晶鱼缸、敦实的大圆桌子、硕大的衣柜、一束束让人惊心的假花、低仿的乾隆瓷瓶、酒柜里形色可疑的洋酒、不能把玩的各式假文玩……为了给这些东西腾地方，那些真正与生活相关的、带着记忆的旧物，不得不被处理掉了。然而她回家时躺在宽敞的卧室里却郁郁寡欢，一张超大的床，旁边是一个超级大的衣柜，屋中空荡荡的。她想在床头安个阅读灯的念头也被打消了，因为头上的吊灯花了母亲不少钱。她全部的书都被装进纸箱里，存放在地下室，压根没有拿出来。我们中国多年来形成的实用主义，落实在具体生活里又完全不实用。

每个假期，一旦她回家和母亲见面，她都会被问道："你还有多少钱？每月能供多少？我们换个大房子吧？"于是一起去看期房，询问贷款。但是她常年不在家，父母两人的居住面积已经达到 200 多平方米，她母亲每天打扫卫生时都不停地抱怨。一到晚上，坐在水晶灯下的两位老人显得既无聊又孤独。只有在买房和装修的时候，她母亲的脸上才会出现兴奋的表情。

后来她到德国去生活了，有一天接到母亲的电话，说又买新房了，但是因为"地方不够"，把她放在家里的书全部处理掉了，因为那些书"最占地儿"。那些在青少年时期给她重要精神慰藉的书其实很大一部分是父母给她买的。那时，他们陪她用一整个周末泡在书店，帮她挑选，为她付账，然后一起在书店旁边的餐馆吃顿烤肉，再散步回家。现在她觉得自己和原生家庭的某一部分联系也被处理掉了。

是什么促使我们老是有搬家的欲望和决心呢？对空间的更大需求？对资源的占有欲？不动产的保值特性？还有我们的焦躁不安和对社会的不信任？我们没有空间可以好好保存时光的情感证物，也不屑于去保存，因为那无法形成可供炫耀的外在；我们也并不珍惜与过去的关联，因为中国人过去在物质上的贫乏实在是刻骨铭心的，有什么好纪念的，我们巴不得撇下那一段。

在很多人看来，只有在空间上不断占有才最鼓舞人心，这是实实在在的价值坐标。我们中国人的家庭，核心话题不是家，而是房子；不是当下，而是未来。但华丽而空旷的屋子里是凌乱而仓促的生活，我们学会了攫取物质，却没学会怎样更好地享受它。我们不眷恋与人和事物的熟悉关联，只是用一些大而无当的物件埋葬过去，毫不吝惜。

房子和家的概念一直没被我们区分开。当然需要房子，但是怎样去规划和经营生活、理解生活，是另外一码事了。

想到我的一位长辈是生物学教授，虽然他在城里已经有几套公寓，但坚持在靠近河北的地段买了一栋别墅。他花了很多心思和精力去装修它，虽然并没有人住进去，但是他高兴地说："我要让所有亲戚周末来参观，这是我争的一口气。"

（摘自《读者》2017 年第 8 期）

鹞子、风筝、纸鸢
薛　舒

现在的人们，把这种用一根细绳牵引着放飞的玩具叫风筝，可在我童年的时候，上海人都叫它鹞子。

拥有一只鹞子，是一件非常荣耀的事情，它代表了一个儿童在玩伴中的地位，还体现了这名儿童的家境优劣状况。总之，谁要是擎举着一只鹞子从家门前的场地上飞奔而过，不用片刻，他的身后就会跟了一大群追随者。穷到赤贫的人家，是没有能力为自己的孩子置办一只鹞子当玩具的，所以，那个举着鹞子的孩子，口袋里多半装着炒熟的花生或蚕豆。鹞子升上天空时，那孩子必定沉着气、绷着脸，手里的绳圈骨碌碌地转。鹞子越飞越高，飞得越来越平稳，孩子的手，不用那么紧张地控制力气了，于是，他的表情里，便带了一些散漫、油滑，那便是他的成就感。在骄傲的资本还未真正奠定之前，他自然是要以严峻的神态面对围观者的。严肃和冷峻只是前奏，胜券在握时，他便可以调皮一些了，他甚至有时间和别人说话，伸一只手从口袋里掏花生或者蚕豆来吃。那时候，他才发现，口袋里的花生或者蚕豆只剩下一半了。可他并未撒泼，也不胡乱责怪正往嘴里填塞蚕豆的别的孩子。因为手里牵着绳索，那只黄蝴蝶还在天上飞，他便宽宏大量地不去追究花生、蚕豆的去处。这就是他的资本，拥有一只可以飞上天的鹞子，让他成了一个不计较得失、不纠缠蝇头小利、大度的孩子。追随者们，便在羡慕他拥有鹞子的同时，心中对他生出些许尊重来。

有鹞子的孩子，便拥有被尊崇的权利。事实上，他始终没有注意到，在他举着鹞子奔向开阔地的时候，他口袋里的花生或蚕豆已经撒落一路。自然有跟随在后面掉了队的孩子会捡起来，口袋里的花生、蚕豆可以吃，从口袋里掉出来的，也可以吃。有的人拥有了整个快乐，也有人，把别人丢弃的快乐捡拾起来，得到了快乐的一条边、一个角，于是，他也便拥有了快乐。

那个年代，天空大部分时候是蓝色的，与现在不一样，比现在清澈透明。那时候，蓝色的天空里出现一只黄色的蝴蝶鹞子，那可真是耀眼，那可真是牛，牵着细绳的那个剃马桶头的孩子，不骄傲才怪呢。年节里，孩子跟着大人走二十多里煤渣路，从小镇到海边的乡下吃某一位表哥或者堂姐的喜酒。坚硬的煤渣路无尽延伸，似乎永远也走不完。路边的麦苗绿得暗淡委顿，油菜上蒙着一层灰白的暗霜。举目眺望，人迹稀少的旷野里，任何生机都被压抑着，单调而荒蛮。孩子的眼睛很快疲乏了，腿脚酸软了，便开始吵闹，即便大人哄骗着就要到了，一会儿就可以看到新娘子家送来的红红绿绿的新被子、新枕头、新脚盆、新马桶了，还可以吃到新马桶里的枣子、花生、红鸡蛋了，可孩子依然只相信自己的眼睛，眼前没有枣子、花生、红鸡蛋，他便不肯再走半步了。母亲哄了半天，差不多要发火了，父亲忽然手指远方喊着孩子的名字："快看啊，鹞子，那边有人在放鹞子。"

孩子便抬起头，果然，远处的天空里，一点斑斓的红，或者紫，在风中摇摆不定地起飞。那方向，便是煤渣路的尽头处。孩子终于站了起来，向着越来越清晰的那片绚丽走去。有鹞子放的地方，便有着如此大的吸引力。而放鹞子的人，亦喜欢有人跟在身后观摩他的身手。若没有人观看，那他的乐趣只剩了小半，无非是放绳子、扯绳子、收绳子，那只高高在上的鹞子，与他只是一线维系，快乐与他之间，也就只是那细细的一线牵连了。若是有人看，那他就不仅仅是放鹞子了，他是受到瞩目的表演者，他领受的是羡慕、赞赏或者挑剔的目光。他甚至是一名艺术家，此刻的放飞，恰好证实着他的技术、能力，乃至魅力。放鹞子，本就是要给人看的，没有人看，还有什么意义呢？

很多年前，我在旅游大学念书，同室一位山东潍坊的女孩说，纸鸢就是风筝。那也是一只飞翔的鸟，且给人更高更远的想象，我从那以后便喜欢上了"纸鸢"这个词。想起一种叫"鸢尾"的花，蓝色，有着裙摆一样的花瓣。那时候就觉得，这纸鸢和鹞子，是有着异曲同工的美妙之处的。

其实，我从未与风筝有过亲密的接触，只在童年的某一个春节，在上海的乡下过年，就是那一次，走二十多里路去吃喜酒，走不动了，父亲指着远处说："看，有人在放鹞子。"果真，我看到一只黄色的蝴蝶在天空中平静地游弋，我向着那只黄色的蝴蝶飞奔而去，然后，我看到提着一袋兰花豆、剃着马桶头的表哥，一根细细的绳索被他捏在手里，牵连着天上的蝴蝶。

表哥把我丢在一边，一脸严肃地拉着绳索，他的动作和神情让我知道，一个放飞风筝的孩子，其实放飞的，是他的骄傲。

（摘自《解放日报》2016 年 1 月 31 日）

乡村的夜晚

向卫华

　　一轮满月，如一朵盛开的玫瑰花饱含浓香，开在碧霄，乡村便沐浴在玫瑰色的月光里。月光在树林里流淌，轻轻地就像一个女子走在出嫁的路上，羞涩地让这个世界只剩下她的心跳和呼吸。

　　如山间湿地里冒出来的一朵褐色的蘑菇，乡村静卧在青龙似的大山脚下，绿树翠竹掩映着农舍，花香鸟语缠绕着农舍，庄稼果木环抱着农舍。此时月光像一片轻柔的巨大的白绸子把乡村包了起来，一阵清凉的夜风悠悠吹拂，送来温馨的泥土气息和庄稼幽香；夜风像一壶老酒，把房前屋后的树、竹灌得有点微醉，细小的枝叶摆来摆去，弄出些细雨样的沙沙声。月光透过树叶的缝隙，如山菊花似的细碎，星星点点地洒在院子里；几扇窗子染上蜡黄的灯光，隐隐约约从绿纱幔透射出来，融入月色里。

　　乡村的夜，轻柔得像湖水，隐约得像烟雾。月光像水一样从天空中泻下来，静静地泻在农舍上。屋外，田里的蛙声、地里的虫鸣如潮，“呱呱”

声、"嗡嗡"声此起彼伏，一浪高过一浪；从屋角的柴堆里，隐隐传来一阵狗吠，"汪汪"两声，仿佛一个粗鲁的莽汉突然插进来了一句话似的，让人感到惊奇和意外；栏里，牛正在吃草，一股浓烈的混合了草料的牛粪的气息满溢乡村，由于头部不停地摆动，脖子下的牛铃便发出"丁零当啷"的声音；白天吸足了阳光的庄稼，此时也在使劲地拔节疯长，发出"嘎巴嘎巴"的响声。屋里，几个女人散坐在大灯下，围着电视，一边眼睁睁地瞪着电视，随着剧情的发展，或摇头叹息或捧腹大笑，一边穿针引线，白天挥锄舞锹的大手此时变得如此纤巧，把那一根根五颜六色的丝线逗弄得在胸前跳起了欢快的舞蹈；一群汉子头攒在一起，或蹲或坐或站，在下象棋，白天盖过风雨声的嗓音，此时温柔了许多，沉默了许多，也没有争吵，没有喧哗，偶尔，从胸中吐出一个"将"字，手也只是将棋子轻轻移动一下。

月亮，像一面白玉镜子，像一颗巨大的珍珠，嵌在天上，正无声无息地把它的光辉洒满了乡村。乡村里的人没有专门出来散步的，因为他们就生活在月光里，月光对他们来说仅仅就是照明的作用。他们能够就着月光，找回白天丢在田里的一张犁、一把锄，或者拽一把明早引火用的干柴，免得被露水打湿。当然，这么好的月光，也有人出门，那不是吗？弯弯的小路上，一片片树叶把月光使劲地往自己的怀里揽，一个握着手电筒，背着猎枪的后生匆匆行走着，他是去套山鸡的；田边，一阵风吹来，月光在稻叶上舞蹈着，犹如美丽的女子，一个举着枞膏油火把，腰上系着竹篓的汉子转来转去，他正在捉黄鳝；有时也会有一个女孩，或一个男孩，推开虚掩的大门，乘着迷蒙的月色，东瞧瞧、西望望，一时快、一时慢，生怕有一双夜的眼睛跟着，犹犹豫豫，躲躲闪闪，羞羞答答，沿着青石板铺就的小巷，走向溪边的柳林里。

夜色越来越浓了，一片寂静包裹着整个乡村。月光下只有花儿在静静地开，花香在悄悄地飘。

（摘自《读者》2004 年第 24 期）

妈妈的味道

舒　婷

　　儿子两三岁时，每逢我外出开会，他会抱着我的枕头，眼泪汪汪地嘟囔：妈妈的味道！

　　我相信人类在幼年期，最先启动鼻子功能的应当是母亲的气息，就像母兽的气味之于幼兽，那是准确无误的坐标，意味着安全、温饱和抚爱。

　　1975 年 8 月那个盛夏，我在鼓浪屿 47 号的"闺房"里晾晒整理衣物，拽出妈妈留下的红丝巾，心疼地看到它有些褪色了。把鼻子埋进去闻了闻，只剩下樟脑木箱的霸道气味。怅怅然回到书桌前，我断断续续写下："我依旧珍藏着那鲜红的围巾，生怕浣洗使它失去你特有的温馨。"

　　笔放下了，可心中的悲伤仍是挥之不去，直到暮色的淡墨晕染诗笺，爸爸招呼我上楼去吃饭。我回望一眼妈妈的遗照，她的额发有一小撮是翘的，我总是习惯性地伸出手去，想代她抚平。

　　都说照片不及妈妈生前美丽，但那忧郁的微笑，温柔的嘴角和若有所思的凝视，正是妈妈留给我最后定格的印象。

记忆中最动人的笑容莫过于妈妈的嫣然一笑，这就是童年时代的最高奖赏。仿佛我在普通话比赛中的侥幸获奖，我在校际歌咏大会的昂然领唱，成绩通知单上的"红彤彤"（当然，如果不是"全优"的话，我会千方百计藏起来），仅仅是为了获得妈妈那短暂的展颜莞尔。

妈妈的牙齿细密整齐，只是牙龈偏低，偶尔开怀大笑，就虚握拳头放在嘴边遮羞，像歌星扶着麦克风，那姿势有些可笑，却又令我向往。因为，当时在我们的生活里，能让妈妈如此忘情的开心事总是鲜于遇见。

每个亲情至笃的儿女都能在自己母亲的脸上汲取这种光辉，因而身心透亮，豁然开朗。

妈妈的皮肤极好，雪白粉嫩，脖子细腻，臂膀光鲜。受妈妈的影响，我一直以为，好皮肤是女性美的先决条件之一。除了一瓶珍惜使用的雅霜，妈妈有时会从蛋壳里蘸一点点蛋清，涂在眼角。鸡蛋是外公专享的下酒菜，妈妈在革命年代自创的护肤用品是最低成本的边角料。

我和妹妹两人的衣服鞋袜已经使妈妈殚精竭虑，她便很少给自己添新衣。舅舅的婚礼上，妈妈用旧旗袍改制了一件高领掐腰、对襟盘扣的蓝底红花夹袄，穿在略显丰腴的身上，满座宾客讶然注目，回头率要多高有多高。妈妈心里不无得意，回家路上，带着我和妹妹拐进照相馆，合影一张4寸大的相片。对这次心血来潮的奢侈，妈妈解释说：我们很久没有给爸爸寄照片了。

其实也是给她自己的犒赏。妈妈刚过30岁生日，有3个孩子，哥哥都10岁了。而我们的爸爸正光着脊梁，只系一条半截裤，在三明山区露天煤矿挥舞铁锹。

妈妈36岁那年，要在工作单位的国庆晚会上演唱民歌《十送红军》。她为自己设计裁剪了一件紧袖斜襟圆裾的藕荷色薄衫。我和妹妹坐在台下捧场，却张大嘴巴忘记鼓掌。之后，不断有同事、邻居来借这件短衫去赴宴或演出，但是她们后来都沮丧地承认：谁也穿不出妈妈的味道。

　　有谁能说清楚母亲的味道是什么？如果一定要形容，用个不太贴切的比喻吧，我的妈妈类似薄荷，淡绿、清凉，还有一丝中药的苦涩。

（摘自《读者》2007 年第 17 期）

多年以后

裘山山

　　记得是我 30 岁出头的时候，当时孩子小，工作重，过得很辛苦。有个黄昏，我从幼儿园接回孩子，忙着做饭。正炒菜的时候，来了一对中年夫妻。他们说是经朋友的朋友介绍来找我的，我只好关了火，请他们进屋坐。原来，他们的儿子马上要从军校毕业了，他们想托我帮忙把儿子分到成都，不要去偏远的部队。我一口回绝，我说，我没这个能力。这是实话，同时以我当时非黑即白的性格，很厌恶这样的事。我说既然考了军校，就应该有吃苦的思想准备，去部队锻炼一下没什么不好。我一边说一边开始烦躁——锅里是炒了一半的菜，地上是浑身脏兮兮的儿子，真恨不得他们马上离开。可他们就是不走，反反复复说着那几句话："儿子身体不好，受不了太艰苦的生活……请你帮帮忙。"我看不松口他们是不会走的，只好说我去问问。他们两个马上眉开眼笑，立即从地上拿起旅行袋往外拿东西，仿佛交定金一般。我一下就火了，估计脸都涨红了，大声说不要这样。可是大妈把我按在沙发上，大叔往外拿东西，我完全没有办法。其实，就是两瓶白酒，七八个砀山梨。他们走后，一个梨从茶几上滚了下来，我满腔怒火，上去就是一脚，把梨踢得粉碎，儿子也被吓哭了。故事还没完。第二天我去服务社看了下酒的价钱，然后按他们留下的地址写了封信，义正词严地说，我不会帮这个忙的，也希望他们的儿子勇敢一点，不要再让父母出面做这样的事。然后把信连同钱一起寄了出去。

过了这么多年，想起这事，我真的是心生愧疚。不是说我当时应该帮忙，而是后悔我的态度，我太不体恤他们了，那么生硬、轻蔑。我至少应该安抚他们一下，多给他们一些笑容。他们很可能是下了很大决心才来的，从很远的郊区坐公交车赶过来，东问西问问到我的家，拎着那么重的东西，厚着老脸来求一个年轻人，可我却"义正词严"地拒绝了他们。我对20多年前那个"义正词严"的自己，实在是太不喜欢了。

为什么要过这么多年，我才能明白？

若干年前的秋天，我应邀去一个小城采风。采风结束时，主人让大家留下"墨宝"，我连忙闪开。作为一个毛笔字写得很臭的人，遇到这种场合，除了逃跑别无他法。可是，那位负责接待的先生，却三番五次地来动员我，我一再说我不会写毛笔字，他就是不信。也许是我的钢笔字误导了他，我给他送书时写的那几笔，让他认为我的字不错。他说，你现在不愿写，那就回去写了寄给我。我以为是个台阶，连忙顺势而下，答应了。

哪知回到成都，他又是写信又是发短信，一再催问我写了没有。看来他不是客套，是真的想要。我看实在是躲不过了，就找出笔墨试着写了几个字，真不成样子。可他继续动员："我们就是想做个纪念，你随便写几个字吧，写什么都行。"我便临时抱佛脚，练了三五天，然后找我们创作室的书法家要了两张好纸，并问清了应该怎样落款、怎样盖章，总算勉强完成了任务，寄了出去。过了十天，他来短信问我寄出了吗。我说寄出好多天了，他说没收到。又过了一周，他告诉我还是没收到。我说，也许是寄丢了吧。他说那太可惜了。好在，他没让我再写。

过了好多年，去年的某一天，我忽然想认真学写一下毛笔字，就找了个教学视频来看。一看才知道，我当初写的哪里是毛笔字，完全没有章法，就是在用毛笔写钢笔字。于是忽然明白：那年我寄去的"墨宝"肯定没丢，他肯定收到了，只是打开一看，出乎意料，根本拿不出手。为了维护我的面子，他只好说丢了。虽然我没去跟他确认，但心里已确定无疑了。

生活中藏满了秘密，而答案，往往挂在我们通往未来的树上，你不走到那一天，就无法看到。

再说个长点儿的故事吧。

1983 年夏天，一个 17 岁的女孩儿跑到我刚刚就职的教导队来找我，告诉我她考上大学了。她是我大学实习时教过的学生，只教过 40 天。1982 年秋天，我到一所县中学实习，教高二。我当时 24 岁，说一口普通话，充满了那个年代大学生的热情和浪漫。比如会利用晚自习时间，给全班学生朗读海伦的《假如给我三天光明》，希望他们珍惜生命、珍惜青春；还比如，晚自习时，发现教室外的晚霞非常美丽，就停下讲课，让所有同学走出去，站在长廊上看晚霞，直到晚霞消失，然后让他们就此写一篇作文；我还以自己的经历告诉他们，一定要努力考上大学，一定要走出家乡去看看外面的世界。当时我的这些做法很对高中生的胃口，学生们因此都喜欢我。特别有几个女生，总围着我转，一下课就寸步不离地跟着我。

这个考上大学的女孩儿，就是其中一个。据她后来告诉我，当时我看她穿了一身很破旧的衣服，非常着急，问她："你就穿这个去上大学吗？"她说她只有这身衣服，家里四个孩子，父母务农，生活很困难。我便把她带回家，从自己不多的衣服里找了几件给她。

这件事我完全忘了，只记得她来看过我。20 多年后的某一天，她突然打电话找到了我，她在电话里激动得语无伦次："裘老师，我好想你啊，我一直在找你。裘老师，你知道吗，我上大学时你送我的那几件衣服，我一直穿到毕业。后来我们家情况好些了，我就把你送的衣服洗干净包起来，放在柜子里。每次搬家我妈妈都说，这是裘老师送的衣服，不能丢。我们搬了五次家，这包旧衣服还在我们家柜子里。"

接到这样的电话，对我来说不啻是领到了上天的奖赏。

而这个当年的小姑娘、如今的高中数学老师，仍在源源不断地奖赏我：她亲手剥花生米寄给我，亲手灌香肠、做腊肉寄给我，亲手绣十字绣寄给我……无论我怎么劝说，都挡不住她做这些事。

忽然叮咚一声，我接到了一条短信："裘老师，偌大的地球上能和您相遇，真的不容易。感谢上天让我们相识于1982年。您让一个从未奢望上大学的穷孩子有了上大学的梦，并最终实现了这个梦想。从此她的家有了前所未有的改变，她的弟弟妹妹也努力学习，一家四个娃都上了大学。他们的父母几乎是一字不识，这是一个奇迹。感谢您，裘老师！元旦来临，祝您身体健康，家庭幸福。您的学生罗花容。"

我的眼泪瞬间涌出。我知道她并不了解我当时的情况，她只是在表达她的感情。而在那一刻，这份感情之于我，实在是太重要了，是寒冷的冬夜里最温暖的一束火光，让我的心重新热起来，亮起来。我忽然明白，原来30年前20多岁的我，给30年后50多岁的我，留下了一根火柴。

很多感情和心境，我们总要在多年以后才能体验。有的，或许已转化成生活的礼物；有的，则铸成一生的遗憾。

今年1月里的某一天，阳光明媚，气温却很低。我参加完军区部队的转隶交接仪式，一个人穿过操场，走向办公大楼。四周很安静，我知道这安静里正孕育着风云激荡，中国军队将面临全新的格局，我们充满期待。但一个有61年历史的军区也将因此消失。而我，在这个军区里整整服役了40年的老兵，也将面临转身离开。那种心情，真无法诉说。

我一个人走着，忽然想起了父亲，父亲是在1985年那场百万大裁军中离开部队的：他所在的铁道兵被成建制撤销了，他因此提前离休，脱下了军装。那个时候父亲曾无限感慨地对我说:"我读的北洋大学没有了,我当了一辈子的铁道兵也没有了。今后我都没有老部队可回了。"而我,只是随口安慰了他一句:"提前退休不是更好吗,辛苦了一辈子,正好早点儿休息。"

30年后的今天,我忽然明白了当时父亲的心情。因为我此刻的境遇与父亲当时完全相同,我此刻的年龄也与父亲当时的年龄,完全相同。虽然到了今天,我也没想出更熨帖的话来安慰父亲,但我仍为自己当初的漫不经心感到内疚。

等我今天明白时,早已物是人非。对于已经去了另一个世界的父亲,我还能说什么呢?人生的很多遗憾,就是这样留下来的吧。也许,当父亲生发出那样的感慨时,我最应该做的,就是陪着他一起沉默。

多年以后我才明白,很多感情,难以言说。

也许人生就是不断失落和释然的过程。那些失落和伤怀让我们更能理解他人,而那些释然和感动,则让我们活得更加开阔。

(摘自《读者》2016年第4期)

外婆菜

张佳玮

　　见过有人恨爹恨妈恨社会恨班主任恨初恋，但恨外婆的似乎没有。大概慈母大人的慈母大人，其慈善度等于慈母大人的平方，又不像爷爷奶奶有培养孙子安邦定国、维护世界和平的大欲望，因此我周遭的朋友连我在内，都跟外婆比较亲。不止中国，全世界电影里某些反社会反人类的"机关枪"男人，一般回忆往事时也都酷酷地来一句："我外婆当年……"

　　美剧里偏居家一点儿的剧情，都会涉及饮食，常见的某甜饼、某奶酪、某甜酒的配方，大半出自外婆家传。我问朋友们最怀念外婆什么，十之七八都两眼发直，垂涎三尺。可见这点也是中西皆然——经典的外婆形象，总和饮食相关。

　　外婆们做的菜，比较容易分辨。比如，你在人家做客，见一道菜大众家常，多半是小姑娘自己初学羹汤的试验品；如果满桌菜风骨倜傥、风味豪爽，那多半是手艺好的爸爸或妈妈露了一手。色调最温润、味道最淡、成色最厚的一般就是外婆菜。

外婆们下厨，好比积年高手老江湖出战，已经过了跟你斗剑论掌飞沙走石的境界，讲究的是拈花一笑举重若轻。外婆们大多笃信天然，鄙视各类现成的调味品，比如味精之类。反正老人家有的是时间，炖一锅汤可以香气氤氲之间坐等那味道丝丝支离出来。外婆们做菜很少给你大荤大油，荤少素多，疏疏朗朗地端来，尝不出味精来，盐也淡得若有若无。但信手放的花椒、被利用完的八角，星星点点，就又把味道衬起来了。外婆们若做味道醇厚的菜，往往做得极浓郁。比如，爸爸妈妈们的红烧肉时常劲健耐嚼、香气犀利，外婆们的红烧肉或是红烧蹄一般都一触即融、入口便化，味道厚实得就像欣赏上了年纪的艺人演话剧，一个字一个字像两只脚踩实在地上，踏实、地道。

外婆们吃东西都细心，于是带点雍容的挑剔，好比贾府太君看个戏就批评上了才子佳人。你带外婆们出去下馆子，她们高兴之余，都会对某些菜客客气气地挑肥拣瘦一番。到了最后，隐隐约约透出主旨，就是觉得钱花多了，菜吃少了，菜价还大大不值。有朋友跟我抱怨说，某些姑娘吃饭吃菜，讲究的是食材的价格，以后好漫不经心地和闺密们说，当年某哥哥如何驼峰熊掌，翠釜玉盘，姐姐照样没理他。能做饭的外婆则大大不同，她们吃馆菜，通常有点化学家的执拗劲儿，恨不能一笔一画列个配方单子出来。豪奢型的大菜外婆们普遍兴趣不大，但简单家常的偏门菜，外婆们通常一吃就会，过两天摆给你看，等你夸一句"比外面馆子里还好吃"，就泄露天机般告诉你，外面卖多少钱，家里做如何省钱，最后感叹两句"世风日下，人心不古"之类的话。

我外婆生前，省起钱来就不遗余力，边角料从来都舍不得扔，真有点"但有一技之长者，莫不为国所用"的意思。每次在我家吃饭，外婆看着我妈扔掉的边角料都叹息几声。我小时候总觉得外婆抠门，后来才知道，她老人家是到了所谓"草木竹石皆可为剑"的境界。比如 20 世纪 80 年代，故乡吃鱼头、鸡爪者少，全家族对外婆的鱼头汤或焖鸡爪不以为然，只有我爸常出差去广东，回来称赞说外婆的鸡爪非常地道。舌头是会成长的，等我后来离家独居学做菜，才体会到外婆当初是何等寂寞的高手。

外婆们通常都用不惯现代厨房。我外婆每次炖鸡都会像白发宫女说前朝般的念叨各种瓦罐，有两个朋友的外婆都坚决抵制打蛋器，宁愿自己用一双筷子打得风生水起。所以，我外婆没来得及学会现在女孩子用以勾引男朋友的西式甜点，但是，用着上古器械，她还是能手到擒来做出许多美食。我上中学时每周去外婆家玩，外婆每次接了电话，都摊面饼给我吃。那面饼无馅无料，略撒一点白糖而已，烙出来略带焦的酥香、摊出来的软滑以及那柔韧的筋道，真是举重若轻。我外婆另有一道盐水花生，一道过年时的红烧蹄，简直是天下无双。我当年问她如何把花生弄得恁脆、蹄膀收拾得恁烂，她都说不出所以然，也没加什么特殊的料。今年夏天出远门，吃了一位朋友的外婆做的粉丝鸡杂，惊为天人。絮絮问她粉丝怎么收拾得滑不腻口又酥软，钵里无油少盐怎么让鸡杂腥腻全去口感香脆，那位外婆也是一副"本该如此"的慈祥表情，说不出个所以然。大概外婆们个个都通了"道"，类似于庖丁解牛自然而然就做到了，只是少一个庄子代她们总结出游刃有余的至理名言吧。

（摘自译林出版社《无非求碗热汤喝》一书）

放烟花

李　娟

　　村里只有我们一家汉族人，所以汉族的农历年似乎很多年都不曾正经地
过过。但今年却决定认认真真过个年。于是我从城里买了几个大大的烟花，
决定大年三十也热闹一下。五百多公里的路，倒了三回车。

　　回想一下，长这么大，还从来不曾放过炮仗烟花这些玩意儿。小的时候
看邻居家孩子玩，并不特别向往。长大后，更没啥感觉了，反正我们家又从
来不过年的。再说了，花那么多钱买回来，点燃后"砰砰"几下就烟消云
散、一地碎纸，实在不划算。

　　但这一次却不知想到了什么。从来都没过过年，却突然那么想过年……
莫非，年岁不饶人？

　　吃过饭，还兴致勃勃看了"春晚"——很多年来这也是第一次。然而电
视屏幕上的噪音与雪花点势均力敌，看这样的电视，除了视力外，还得运用
非凡的想象力。看到后来实在忍受不了了，便出去踢了两脚天线锅。回来时

发现情形更糟，索性关了电视，决定放烟花。

没有月亮，外面漆黑一团。但星空华丽，在世界上半部分兀自狂欢。星空的明亮与大地的黑暗断然分割。站在院门口，一点也看不到村子里的其他房屋。没有一点灯火。这时候村子里的人都睡下了吗？又站了一会儿，才看清邻居家的院墙。

我妈打着手电筒照着我，看着我踩着墙角的柴火垛把烟花小心放到黑乎乎的屋顶，插在积雪里，又递上来几块石头，让我抵住烟花，怕它喷燃的时候会震动翻倒。四周那么安静，我没穿外套，冻得有些发抖，牙齿咬得紧紧的，却非常兴奋。

接下来我们开始商量由谁来点燃。因为都没干过这种事，还有些害怕。

"不会炸掉吧？"

"应该不会……"

"导线会不会太短？"

"应该不会……"

"会不会引起火灾？"

"应该不会……"

讨论完毕，我们都冻得抖抖索索的了，加之害怕，打燃火机后好半天才能瞄准导线。

烟花一点问题也没有，和曾经看到过的一样，一串串缤纷闪亮的火球从那里迸出，高高地冲向漆黑的空中，然后喷爆出一道道金波银浪。四周寂静无声，白雪皑皑。这幕强烈的情景不但没有撕破四周的寂静，反而更令这寂静瞬间深不见底。不远处的荒野在烟花的照耀下忽明忽暗，更远的地方，沙漠的轮廓在夜色中脉动了两三下。

时间非常短暂，我赶紧进房子去拉外婆，我妈也四处去唤赛虎和蛋蛋出来看。

外婆走得太慢，等拄着拐杖一步一步挪出门，都已经结束了，只看到残落的星星点点碎花最后飞溅了两三下。尽管这样，她也很高兴，惊叹了好几声，然后赶紧躲回屋子。外面太冷。

赛虎是个大笨蛋，一看到外面亮晶晶的，就一头钻到床底下死活不肯出来了。蛋蛋还跑到门口对着天空叫了几声。阿黄见怪不怪，卧在门口的狗窝埋头大睡，一点兴趣也没有。我开始点燃第二个烟花筒。这回是个喷花，彩色的火花像喷泉一样滋啦啦地四面乱溅，还甩得噼里啪啦直响，特别热闹。我和妈妈并排站在雪地里仰着头，看着烟花什么也不顾地挥霍着有限的激情。这烟花之外，是四面八方茫茫无际的荒野沙漠……我们是在戈壁腹心，在大地深处深深的深深的一处角落里，面对着这虚缈美好的事物……若有眼睛从高远的上方看到这幅情景，那么这一切将会令他感到多么寂寞啊！

又同上回一样，外婆好不容易走到大门外，又只看到了点尾巴。

于是我不许外婆回去，让她在雪地里等着，当着她的面点燃第三个烟花。我妈也把赛虎硬拖了出来。

刚刚火花一闪，赛虎"嗖"的一声就没了，消失在远处的夜色里。但没过一会儿，又想回到我们这边来，便以烟花为圆心，绕了五六米的半径迂转回来。

这时，在火光中，才看清院墙外的黑暗中的高处不知什么时候已经站了两三个人，正静静地仰头凝视着这幕绚烂的——对阿克哈拉来说根本就是"奇迹"般的情景。我认出其中一个女人是我们的邻居，她穿着破烂的长裙，裹着鲜艳的头巾，笔直单薄地站在那里，我在瞬间看到她宁静冷淡的大眼睛在烟花的照耀下是那样年轻。远处有一两幢房子的灯亮了，有人正披着衣服往这里走。

但这一次同样很快就结束了。

我只买了三个烟花，再也没有了。他们又站了一会儿，等了一会儿，低声说了几句话，才安静地消失在黑暗中。

谁知到了第二天，从荒野散步回来，遇见的人都会由衷地赞美一声：

"昨天晚上，你们房子那里好漂亮啊！"

真让人纳闷，深更半夜的，怎么会有那么多人看到呢?

甚至，连住在河对岸的老乡套着马爬犁子（马拉雪橇）来我们这里买东西时也这么说："昨天晚上你们这里真漂亮啊！你们过年了吗?"

别说，这还真是阿克哈拉第一次有人放烟花呢！明年我再也不买这种便宜货了，一定要买那种最高最大的，可以看好长时间的烟花。一定要买好多好多，让所有人好好看个够。

（摘自《读者》2012 年第 8 期）

一块地的怀念

刘静峰

一块地，永远不会闲着。你种它，它就长庄稼。你不种它，它除了庄稼什么都长。

那时这块地就是庄稼地。春夏长小麦，小麦收割前套种玉米，或者麦收后种大豆、高粱。田头地垄还有倭瓜、丝瓜、绿豆、豇豆和芝麻，秋后再播上小麦。一年四季，这块地都很忙。

冬天很静，地也很静。有风，有雪，有觅食的麻雀惊慌失措。麦子很有耐心地等待春暖。除此之外，一切都在隐藏着，蛰伏在土地的内部。

春雨滋润着田野。麦子拔节、分蘖，开始变得稠密。阳光下的麦田如碧绿的地毯，微风吹送，丝绒般的华丽。眼见得麦子抽穗，麦田由绿而黄，金黄遍野，麦浪滚滚。田野里都是沸腾的声响和成熟的味道。麦子伫立成军阵，如威武雄壮的秦俑，马踏黄土，浩荡而来。但天空是清爽的，是没有杂质的纯净。空气里洋溢着柔软的暖，浮动在周围，感染着人的脸、眼睛、呼吸及裸露的肌肤。

庄稼的色彩就是大地的色彩。麦子在轰隆的机器声里完成了生命。种子的秘密早已安插在每一颗麦粒的内核。生命暂时隐身，不会消失。这块地的庄稼也会接着长，没有间断。玉米的小苗躲在土窝里，只露两片叶芽，张开的手掌，如祈祷的仪式。玉米此时应该是个女巫，念动的是大地咒语，立的草睡的草能听见，爬的虫飞的虫也能听见。这些田野里以及田野以外的事物都会听从这咒语的召唤。

玉米、大豆和高粱，极有规则地将这块地分割。玉米和大豆是泛着金属光泽的黄绿，高粱是敷着细粉的深绿。这是一片绿的原野。间有蝈蝈和蟋蟀的鸣声，激活田野的静谧。倭瓜已经开了大的黄花，绿豆豇豆的苗棵也发蔓拖长，芝麻开花节节高，粉色白色的花一簇簇的，很惹眼。白蝴蝶在花间穿梭，翩翩然，悠悠然。土地此时是祥和的，平静如水，又生机暗涌。

我在这片田野行走，遇到的是庄稼的事。庄稼的事情让人有成就感。比如看到麦子灌到麻袋里，玉米装进篓子里，甚至瓜秧上开了一朵花，结了一个瓜纽，人的心都抹了蜜似的甜。那是大地的成果，大地的孩子，也是庄稼人的孩子。我能呼吸到来自庄稼身上的热烈蒸腾的气息，这种炙烤的热力让我迷醉。

这样的美感，持续了几年。我从中获得了很多快乐。四季变换的色彩、收获的场景、生长的美丽，都在我的内心珍藏。我触摸着庄稼，融入它们的生长和繁衍，同时，也触动了生命的腾跃、奔跑和飞翔。这里每时每刻都是童年的境界，无邪、天真、纯洁。

人怎么能容许一块地长在城市里呢？

这块地被很多眼睛盯着。它是这个城市内部唯一一块还长庄稼的土地。庄稼没有竞争力。庄稼地被许多可以用金钱衡量的眼光瓜分成一个个的楼盘，就像一个弱女子遇到残忍的强盗马上溃不成军、支离破碎。这块庄稼地成了最后的黄金，谁都想分一杯羹。价格也因为处在城市内部而急速飙升。

你争我夺，胜者为王。终于，今年的春天，麦苗没有来得及返青，这块地被插上五彩的旗帜，迎接一批钢铁战士的光临。然后，麦子惨遭蹂躏，土地的肌肤被划开……土地不再柔软、不再温和，它有了钢铁的骨骼，冷硬的身躯。许多可能存活的生命被挤压到无人知晓的去处。

于是，今年的田野不是田野，今年的田野没有庄稼。这里只有尚未建成的楼房，轰鸣的吊车，来往的运输车，飞扬的尘土，还有翻起的土丘，土丘上覆盖的野草。熟土被生土覆盖，乱石趁机浮上表面。许多不知名字的野草，在土丘上长得蓬蓬勃勃。整块土地失去了原来庄稼具有的纯净的植物气息，到处弥漫着无序和放荡的味道。玉米秸秆成为这块地最后的记忆，此后这里只有林立的高楼。一切大地拥有的丰富韵味都消失，只有单调的尘世喧嚣盈耳。没有建筑的地方，是野草的乐园。庄稼依靠人力与野草争锋，庄稼没有败过。没有了庄稼，野草开始肆意扩张。高高低低的土丘上，野草安营扎寨，野蛮地殖民。

这块地最终的归宿，就是一片巨资搭建的楼台。它将永远失去曾经的丰富性和可以觉察的活力。一块地，一旦失去了庄稼，它的本性就消泯了。农人多少年养熟的土地，现今只有僵硬的质地。即使若干年后此处复归还原，也不知需要多少年可以治愈伤痕。

我每天还是要走过这块地。我经过这块地的时候，想到的都是庄稼。想到庄稼，我才感觉到土地的生机。我的心里，都是对这块庄稼地的怀念，怀念一块长各种各样庄稼的地的消失，尽管我的怀念无人知晓，或者不一定有什么价值。

（摘自《散文》2007 年第 11 期）

乘风凉

徐晓民

　　我额头正中有一个疤，像一只小眼睛，因为它，打小起江湖人送外号"三只眼杨戬"，看过了《西游记》，深以为美。这个疤，根据我妈的说法，来自于一次快乐的夏日乘凉，由于3岁的我乘凉时快乐得得意忘形，结果被躺在藤椅上的外公的腿绊倒，脸部着地，头破血流。

　　尽管有这样血的教训，对一个孩子来说，乘凉依然是夏天里最快乐的一件事情，吹凉风倒是其次，吃西瓜棒冰，看一弄堂的人如一家人一样坐在一起"轧山河"，一句话：闹猛！尽管现在我已经安居大厦，有好多年没有在弄堂里乘凉了，但是和70年代出生的人在一起聊天，发现留在大家记忆中夏天最快乐的事情不外乎是在弄堂里"乘风凉"。

　　不过是下午5点的光景吧，太阳光刚刚开始阴下去，在外面疯玩了一下午的小孩们就一个个被叫回去洗澡。小一点的孩子就在水龙头旁边放个水盆，就着水龙头洗个痛快，尚不知廉耻的小孩还要乘洗澡的时候和隔壁的小孩聊些不知所云的话题，互相打水仗，在头上吃了无数"栗爆头"后才老老实实将身体擦干走出浴盆。然后一道仪式是在脖子和背上扑上痱子粉，那种如面粉一样的装在纸筒里的白粉是当时小孩额外的护肤品。扑完后，孩子脑后胸前都是粉嫩可爱的样子，个别小孩连头顶上都白了，各个显得十分干净利落。有时候，剃头挑子又来了，于是家里无论大人孩子都得低下脑袋将头发剃成以"清爽"为前提的千篇一律的发型，小孩子的头皮推得几乎见青，犹如一个个毛茸茸的冬瓜。

洗完澡，文静的孩子会坐在院子里开个小半导体听滑稽王小毛节目，这个讲着一口刮拉松脆的江北话的小伙子以一些小聪明的热心肠和通俗的笑话成为当时弄堂里收听率最高的节目。而调皮的男孩子还不放弃饭前的活动时间，继续在弄堂里跑进跑出，不是弄翻了洗菜阿姨的面盆就是跑丢了拖鞋，回来当妈的伸手在背心里一摸又是一把汗，少不得又要挨一顿骂。

家家户户在院子里吃完咸菜毛豆、咸肉冬瓜汤之类的时候，天也已经黑了，乘风凉才算正式开始。一般来说，大人拖个大躺椅或者春凳，小孩搬个小竹椅，手里拿把大蒲扇，在家门口安营扎寨。现在想来，那种一弄堂躺着全穿着花花绿绿的自家缝的睡衣的景象一定很有些无厘头，不管大人小孩，都是红绿黄蓝各色花布自己裁的裤子，有的三十好几的女人了，身上的花纹居然还是变了形的米老鼠和小兔子。这些穿了大号童装的女人有时还端着痰盂垃圾桶之类的从摆得横七竖八的椅子和人头中穿花拂柳地扭腰走过，而不落下一点脏物，难度系数可达 3.4。

乘凉的主要内容是聊天，一家子自己聊柴米油盐，邻居之间说长道短，说着说着声音就渐渐小下去，人人的眼睛都有些蒙眬的意思，那手里的扇子也摇得不大起劲了，间或还听到有人响亮地拍打自己胳膊大腿的声音，伴随着一声经典沪骂，就知道又有一只吸饱人血的蚊子撒手尘世了。

到了 8 点多，乘凉又掀起了一个小高潮：吃西瓜的时间到了。晚饭已经基本消化，而冰在井水里的西瓜也已经去了暑气，打捞上来碧绿晶莹十分可爱。吃着西瓜，人的兴致又上来了，有的摆开了扑克桌，有的在路灯下支起了棋盘，妇女们受不了电视剧的诱惑，索性将电视机搬了出来，对着港产电视剧评头论足，对剧中薄情寡义的男人恨得咬牙切齿，为被抛弃的孤儿寡母掉下一两滴眼泪。

乘风凉的助兴节目是走街串巷的小贩，卖棒冰或是卖酒酿，虽然不是天天有，但总能在孩子们中间掀起一阵高潮，特别是那些加了色素的棒冰，绿色的是苹果味，确实有点苹果香，橙色的是橘子味，有点酸，还有加了赤豆绿豆的棒冰，那只小小的木头箱子简直可以说是琳琅满目。看到有人在写怀念老上海的生活时会提到夏日晚上小贩的叫卖声，什么"热白果来，热白果，只只脆来，只只大。若是要吃热白果，一块钱来买三颗，三块钱来买十颗。哎！又香又甜又是糯"，什么"呜呀呜哩哐呀，梨呀梨膏糖呀——老爹爹吃了吾的梨膏糖呀，一觉困到大天光呀；老奶奶吃了吾的梨膏糖呀，耳不聋来眼不花呀"。但是我发誓我是没看到过这么浪漫的卖东西的方法，到了八九十年代的小贩不过是木讷地卖着棒冰和酒酿，顶多是嗓门大一点而已，并无什么民间文艺的创作头脑。

正吃着热闹，这时候，要是再从某家传出"吵相骂"的动静，那乘风凉的内容就更丰富了。哪家传出的声音稍微大了一些，立时三刻就有好事者走过去打探究竟，而且弄堂里的吵架，只要是开始吵了，就没有也不可能有避开众人的意思了，而且看的人越多，这吵架的人也开始有了点表演的意思，用现在的话说就是作秀。哭着的哭得更加大声，要骂的也骂得更加起劲，犟头倔脑的依然不屈不挠地摒牢不出声，在劝架的人面前更加你来我往地逞口舌之快。更有好事者看完了回来，还要绘声绘色地回来学给大家听，众人于是一起再评头论足一番。要说吵架的原因，无非是婆媳不和、邻里争夺放煤饼的地盘等等毫无新意之事，但是经过一些细节的点缀和彼此熟悉的背景的烘托，再无趣的故事也生出些可嚼舌头的猛料来，打发了不少时间。

直到夜深了，人们才收起椅子，将睡熟了的孩子抱起，回到房间里开始睡觉。弄堂里只剩下一些怕热的小伙子，索性将钢丝床搬出来睡在露天，不到天色发白是绝不回去的。

再后来，空调多了，新公房多了，乘凉的人就越来越少了，只有少数老人还在弄堂口坚持着。

（摘自《读者》2005 年第 20 期）

信来信往的旧时代

老 愚

从前的日色变得慢

车，马，邮件都慢

一生只够爱一个人

——木心 《从前慢》

搬家，旧物件不难处理，该扔的都扔了。唯一让我犯愁的，是一大摞旧信。

每次挪窝，都会随手撕碎一些信件。面目全非、交情已绝的，就这样逐一整肃完毕。剩下的，便是某一段时光的见证物，不愿再丢弃。

回想前通讯时代，写信，发信，收信，读信，是生活中非常重要的事情。家人，女友，同学……一个人的私人关系体现在一封封信里。

邮递员在那时可是天使的角色，他带给人们各种消息。收信人随之生出各种喜怒哀乐，信来信往滋生出人世间诸多悲欢离合。《读者》杂志前不久出版了一本好看的故事集——《灵魂的马车驶上高坡》，里面收有一则邮递员的故事：美国有个其貌不扬的年轻邮差，因嫉妒一对恋爱中的可人儿，将男主角从中国云南抗战前线发回的信私藏起来，盼信的淑女一天天憔悴，终至忧伤而死。临终时，这个作恶者才将自己的罪孽和盘托出，期望得到上帝的饶恕。这是一个令人恐惧的故事，我们的命运有时就攥在卑微而疯狂的人手里。

班级收发员、单位门房，都是我们曾经巴结的对象。你可以不谄媚上司，但不能不对掌握你信息源的人奉上笑脸。我当年在工人出版社工作时，转业军人出身的瘦黑收发员，对一干领导低眉顺眼："您的信。"对一般员工则亲切地扯开嗓子喊一声："×××，取信喽……"我甚少与此人来往，而我的信件又多，自然不会让他高兴，所以我的邮件总是慢半拍到手。

那时，掐指头算信的走动时间。比如，给父母的昨天该到了，回信路上走一周，下周这个时间当能知道家里情况；女友的信今晚回，明天一大早付邮，航空件，三四天即可到达；寄给某报社的稿件已经十多天了，怎么还没有被采用的消息？偶尔有一封海外的信飘来，谁知道在打开之前，已经有多少人仔细地审查过了。

读信是最令人愉悦的。握着写有"内详"、盖有邮戳的宝贝，独自躺在床上，急切扫视一遍，再逐字品味，于想象中完成与伊人的交流。彼时，汉字是甜蜜的，芳香滋润着渴望的心田。

堆在角落里的这摞信，跟随我已有二十多年了。信封发黄，里面皆为旧日消息。不舍得丢弃，是因为亲朋故旧仍可如此聚在一起。

"六点多从浴室走出来，迎面是棕榈树丛中的灯光，路上只有几个人，虽是傍晚，却很宁静，我的情绪一下非常好。我感到北方的他在凝视着我，一切都是那么美好……我至今仍在回味那首'一只青苹果游过事物之河/红你枝头'，越想越美妙。"（1987年）这是女友信里的话语，彼时，思念到不能自己，便奋不顾身赶到北京火车站，一路站到上海北站，那时特快也需要十几个小时。她后来成为我的妻子。

散文作家苇岸在写给我的信里这样赞美贱内："她温柔无比，是你的幸福之源。"大约是1992年初夏，他邀请我们去昌平乡村游玩——赏麦浪，骑自行车，谛听鸟鸣。素食，清洁，执着于文字……这是他留在我记忆里的印象。海子自杀后，苇岸为传播海子的诗歌四处奔波。他死于癌症，其描写人类与大自然关系的文字别具一格。

常年在渭河电厂工地施工的同桌T写道："别忘了在蓝天之下、荒野之中，还有这样一位不起眼的故友在时刻惦记着你……让我们在不同的工作岗位上，为建设美好的祖国而努力！"（1991年）一场感情纠葛使他精神失常，从此进入妄想世界，被关在绛帐镇上的精神病院。几年前去探望他，见他一支烟接一支烟地吸，神情超逸，称联合国主席授权他组阁。

山西小学教师刘红庆写道："11月去太原，《上升——当代中国新生代散文选》和《再见，20世纪——当代中国大陆学院诗选》都刚上市，问问行情，还不坏。我索性各买了一册。"（1992年）这两本书皆为我编选的"21世纪人丛书系列"。他后来入京，靠一支笔步入文坛，热衷于讲授、传播晋中民间音乐。

四川姑娘阿溶在一张日本明信片上写道："我喜欢使自己简洁一些，在看简洁的书，并写哲理味重一点的诗歌。"（1992年）我出版了她的通信集《阿溶的新感觉》。她开过画廊，后来上了作家班，再后来为房地产商做文案，安静地生活在沪上。

父亲在信里说："夏收刚结束，现正忙于嫁接苹果树。你母亲身体就是老样子，血压不稳，稍高就发昏。其他一切都好。"（1993年）土地名义上在农户手里，种什么却由乡村干部说了算：忽而洋葱，忽而果树，折腾了一溜够，官员们自上而下获得了推销种子、树苗等等的提成，庄稼汉大多白忙活一场。母亲走了快两年了，坟头青草正高。父亲后来响应号召开厂，旋即又被深套其中。好在老人家想得开，总算渡过了难关，今年七十有三，鹤发童颜。

幺弟信中云："荒草一般长大了，却茫然无措。惧怕高考，准备参军练就一副好身体。"（1994年）幺弟跟父亲在造纸厂忙活过一阵，后来进京觅活，从给人开车到独当一面，现在已经是一家公司的经理了。

正是这些旧日的信件，让我觉悟：时间是假的。

信来信往，人人心里有一个盼头，焦灼又甜蜜。一笔一画地写，一字一句地读。朋友去英国读书，我的梦里充满了翻卷的海水，竟乘坐一架飞船抵达他的校园。隔绝导致无穷的思念，友情、爱情、亲情往往会因澎湃的想象而发酵升华。如今的孩子恐怕想象不出那么一个漫长的时代了。

仍想把这些渐渐发黄的东西放在一起，无聊时随手捡一封读一读，它们或可给予我前行的勇气。

（摘自《读者》2014年第20期）

八百米故乡

苏 童

  在我的字典里，故乡常常是被缩小的，有时候仅仅缩小成一条狭窄的街道。有时候故乡是被压扁的，它是一片一片的记忆碎片，闪烁着寒冷或者温暖的光芒。所谓我的字典，是一本写作者的字典，我需要的一切词汇，都经过了打包处理，便于携带，包括"故乡"这两个沉重而庞大的字眼。

  每个人都有故乡，而我最强烈的感受是，我的故乡一直在藏匿，在躲闪，甚至在融化，更重要的是，它是一系列的问号。什么是故乡？故乡在哪里？问号始终存在，这么多年了，我还在想象故乡，发现故乡。

  1982 年夏天，在一条名叫齐门外大街的街道上居住了二十多年之后，在把四个子女都养大成人之后，我父母乔迁新居，从苏州城最北端的那条老街上继续往北五百米，过一座桥，再穿越一条很短、很狭窄的街道，左手是我母亲工作的水泥厂，右手的工厂宿舍楼，就是他们的新家。这次乔迁的直线距离，没有超过八百米，当时我在北京上大学，在千里之外，对新家充满了热情的想象，因为那是新房，在三层楼上，新居的高度和抽水马桶、阳台之类的东西已经让我足够兴奋。我清楚地记得暑假回家的第一个下午，我在新居的阳台上眺望着远处的风景，怀着一种新生的心情。远处的风景，正面方向是水泥厂工厂区白色的大烟囱和水泥窑，侧面远眺，能看见一家炭黑厂黑色的烟囱和黑色的厂房，在水泥窑的后面，有京沪铁路通过，可惜水泥窑能看见铁路和火车，我看不见。我从小生活的旧屋，其实就在东南方向八百米处、我视线能及的地方，但是其他的房屋挡住了那旧屋，我什么也看不见。那是很多年来我们家的第一次搬迁，是在对环境污染一无所知的年代里，我们从一家化工厂的对面搬到一家水泥厂和一家炭黑厂之间，从被苯酐生产污染的空气里扑向水泥粉尘和炭黑粉尘的怀抱。空气质量对我们每一个家庭成员并没有太多的妨碍，唯一的问题是日常生活的直径改变了。正负八百米，我父亲去市中心上班，骑自行车要多走八百米，我母亲上班少走八百米，可是去看望我外祖母和舅舅们要多走八百米。对我来说，八百米是一次直径的扩展，美中不足的是这次扩展规模太小，我的生活从一条街到另外一条街，仅仅延伸了八百米，不能遗忘什么，也不能获得什么。那年夏天，我第一次意识到了"故乡"这个词，可是我所想象的故乡似乎并不存在于这八百米的世界里。

八百米成为一个象征，就像一个人发现故乡的路，很短，也很长。

八百米的世界，对我们一家，曾经是一种宿命。唯一不同的是 1982 年夏天的搬迁，让我母亲与这个家族分开了，分开八百米，不算很远，但也不近。这使我母亲在腌咸菜的季节里格外头痛，腌菜的大缸没法搬到新居里去，而且，我母亲特别信任我二舅的脚，认为只有他踩出来的腌菜才好吃。现在，缸没有了，踩缸的"脚"也不在身边，只好放弃腌菜了。搬家也给我造成了麻烦，且明显大于腌菜的麻烦。我要听从母亲的吩咐走亲戚，暑假或者春节，每年最起码两次，要走八百米的路，回到旧屋去，见过我的外祖母，见过我的大舅大舅母和二舅二舅母，我从 127 号一个大家庭的一员，变成了一个亲戚，一个客人。这种新的身份让我感到新奇，又很不自在。而我家的房子由于是公房，已经被调配给了一个陌生的家庭。我好奇地打量过从前的家，非常怅然地发现，那确实不是我的家了，那户人家粉刷了墙壁，改变了房子的格局，也改变了我母亲家族聚居的格局。不是陌生人融入了这个家族，就是这个家族融入了陌生人的生活。

而我们这个家族，最初就是这个街区的陌生人。我父母是从镇江地区扬中岛上来到苏州的移民。在 20 世纪 80 年代以前，我所有的身份资料上的籍贯一栏，填写的都是扬中县，改写成苏州是 80 年代以后的要求，这个要求忽略了父辈的来历，强调了出生地的重要。自此，我的身份才与苏州发生如此紧密的联系。

我们这个家庭有点特别，几家人聚拢在一起，在一个新的居留地过着家族式的生活，似乎就是要为下一代更改故乡的名字。但故乡的名字是不容易改变的，我们家周围的邻居大多是苏州的老居民，他们早已接纳了我们这个家族，但是，对于我们 127 号和 125 号的日常生活，毕竟是有点好奇的。而语言问题首当其冲，语言在我们这个家族里无法统一，我外祖母不会说苏州话，我大舅母不会说扬中话，我的父母和舅舅们则交替使用家乡方言和苏州话——他们互相之间用家乡话交流，对孩子们、对外人都说流利的苏州话。

长辈们的家乡方言，在很长一段时间里让我们这些孩子感到恐惧，就像一个隐私，唯恐给外人听到，可惜的是，这隐私无法藏匿，因为长辈们从不以他们的家乡为耻。扬中岛的方言听起来接近苏北话，而苏州这个城市的市民文化与上海相仿，地域歧视从来都是存在的，苏北话历来被众人所不齿。尤其是我的姐姐和表姐们，一旦与别的女孩子发生口水仗，必然会因为长辈们的口音受牵连。无论她们怎么强调扬中岛位于扬子江江心，属于镇江地区，镇江地区是在江南，与苏北无关，都无济于事，通常她们得到的回答是：镇江话也是苏北话，不管你们的老家在江南还是江北，反正你们不是苏州人，是苏北人！

　　我们家的下一代都为上一代的家乡辩解过，为地理位置辩解，为语音所属方言辩解，出于虚荣心，或者就是出于恼怒。当你为父母的口音感到恼怒时，你如何体会"故乡"这两个字带来的荣耀？相反，下一代体验的是一种隔绝故乡和遗忘故乡的艰难。说到底，孩子们是没有故乡的，更何况是我们这些农村移民的孩子。

　　失散，团聚，再失散，是我母亲的家族在扬中、苏州两地迁徙生息的结局，没有土地的家族将永远难逃失散的命运。我母亲的家族在几十年的艰难时世里一直聚合在一起，是一个亲密的家族圈的生活，但最终，在一个快速发展变化的时代里，一切烟消云散，这个家族的第一代、第二代，还有第三代，最后还是失散了。五年前，随着苏州齐门外大街的拆迁重建，我的大舅和三舅妈都被安置在了别的居民小区。同样的，由于亲戚关系不可避免地日渐疏远，我甚至从来没有去过他们的新家。我在苏州城里有好多表姐表哥，但我不知道他们住在哪个地方，他们的孩子纷纷到南京来求学，我设法找到他们，把这些年轻的大学生叫到家里来，吃了一顿丰盛的晚餐，晚餐过后，接到那些表姐表哥的电话，是致谢的电话，之后，又恢复漫长的疏远，联系中断了。我童年时代热闹的家族圈生活完全萎缩了，家族对于我来说，仅仅是由直系亲属组成，每次回到苏州，我的足迹仅限于我父亲的家和我兄弟姐妹的家，甚至他们都不在一个屋檐下生活，每两家之间的距离都很遥远，远远超过八百米。对我来说，超过八百米，故乡便开始模糊，开始隐匿，至此，我的八百米的故乡已经飘忽不见了。

　　所以我说，这么多年了，我还在想象故乡，发现故乡。

　　我去了我父母的故乡扬中，满眼生疏，父辈在此留下的痕迹已经无从追寻。我回到苏州，回到苏州城北，我以前曾经有过的八百米故乡，什么都不见了，只留下两座清代同治年间的石拱桥，一南一北，供人们凭吊。我发现在拆除了古旧的房屋之后，城北地区变得很空旷，同时也很小，那两座桥之间，现在看起来连八百米也不到！

所以，我怀疑我的八百米故乡也仅仅是错觉。我的内心需要一个多大的故乡？我需要的故乡究竟在哪里？我知道吗？也许我并不知道。所以我说，直到现在，我还一直在想象故乡，发现故乡。

（摘自《读者》2012 年第 23 期）

明月前身

韦 羲

还没临完《芥子园画谱》，小学就过去了。

我儿时的玩伴，多是图画里的人物：三头六臂的哪吒，七十二变的美猴王，手挥双锤的小将军岳云。儿童的世界真假不分，一半是现实，一半是幻象——仿佛一觉醒来便已脱胎换骨，变为莲花身；花果山水帘洞就在不远的山里；在正午，转过哪个山脚，沿路走下去，就到了宋朝。

一天天长大，与连环画里的古代世界日渐产生隔膜，唯溪边野花、田间草虫、屋后篱笆外的青山、山上的白云、雨中的树才是今天的。长大，有什么不一样呢？只记得看着草虫的世界，会感到可喜的寂寞：夏天午后，蜻蜓飞过凉荫，岁月寂静如梦；七星瓢虫的翅膀在空中震动的声音，欲追随而无从追随；正午石头下小恐龙样子的蛤蚧，夏夜黄灯微明照着的壁虎，都像爬在一亿年前；菜地里，小黄蝶小白蝶飞来飞去，春光更明媚。唯见了山里蝴蝶，无端心生惆怅，似乎阳光也很老很老了，我在世上已过了一千代、一万代，其实只是自己的童年和少年。

那时，我们白天在野地里漫游，夜晚在月光和路灯下喧闹。夏天河里最好玩，在多雾的春天和明朗的秋天，我们结队入山，山林是最天然的游乐园，打发孩子们欣然陶然的光阴。玩耍的间歇，喧闹声渐渐平息，群山的寂静占有了我们，以及我们的沉默。然而小孩自身尚未有思，这般广大的沉默毋宁是天地之间的沉默。宋代山水画里便收藏着天地间广大的沉默，我曾在范宽的《溪山行旅图》和《雪景寒林图》中遇到这伟大的沉默，当下默然震撼，没有了自己。天地间存在着运动与宁静两种力量，伟大的山水画家沟通这两种力量，使静者动而不改其静，使动者静而不失其动。小学五年级那年，《溪山行旅图》把我劈为两半，一半在遇到它之前，另一半在遇到它之后。从此，我看见了山水，看见了山水画。在我心中，范宽笔下的山水可以和宇宙相媲美。

山令人幽，水令人远。古人叠石成山，筑地为池，把山水移入庭院，朝夕晤对，念的正是这份幽远。旧居天井的白墙上，积年的雨迹恍如光阴的年轮，青苔无限幽深，仿佛收藏着所有逝去的光阴。苔痕雨迹的寂静，可以栖身寄托似的，总让我生出归依之感。后来，我常想，山水画最要紧的就是画出这一点幽意与远意。江山如画，江山其实不如墙上的苔痕雨迹像山水画，苔痕雨迹的幽深缥缈是山水的幽深缥缈，令人沉湎而意远。造化之手以苔痕雨迹在墙上画出幻像般的山水构图，幻变，宛若云动；神秘，犹如心象；无限，犹如全息，使我早早地感到山水画的超现实——忽然已是少年，少年如青草，茫然生长，不知为何总要叛逆，也不知道为什么冷落了毛笔和宣纸。中学念到一半，父亲去世，随后《芥子园画谱》几经辗转，竟下落不明。后来北上求学，却是学油画。毕业那年冬天，老罗离京回广西，留下一册旧版《芥子园画谱》。翻看几页，想起父亲，以至于后来想到父亲，便浮现《芥子园画谱》，久而久之，《芥子园画谱》成了父亲的背影。

至今最怀念的，还是小时候临摹山水画的光阴。午后的阳光穿过天井，折进窗子，风吹动屋后高高的尤加利树上的叶子，远得像秋天的雨声。我一笔一笔临摹，前厅，父亲在案上剪裁，母亲踩动缝纫机，声音断续复断续，和着屋后如雨的风吹树叶声，日子好长。在一笔一笔临摹之间，唯觉自己坐在时间的外面。回到时间里，常常听到"艺术"这个词，而这个词又被弄得专指西方的绘画，再后来又听到"绘画终结"的说法，更令人怃然神伤。那时候，我们在时间的外面，"中国画死了"，那纷争和我们不相干，和山水花鸟也不相干。外面的人画够了，我们还没有。绘画死了？果真如此，以后一代代生来爱画画的孩子简直活受罪。

绘画早就"死"过好几回了。苏东坡就说过："诗至于杜子美，文至于韩退之，书至于颜鲁公，画至于吴道子，而古今之变，天下之能事毕矣。"不单绘画，文学、诗歌、书法全都死过。但宋人还在画，还在写。在苏东坡身后四五百年的晚明，董其昌重提绘画终结命题，只是时间从唐转到宋："画至二米，古今之变，天下之能事毕矣。"但董其昌也仍在画，还开创出新的画境。这两次"古今之变，天下之能事毕矣"，都是摄影和装置艺术出现以前的事了，如今是影像的时代，绘画遭遇三千年未有的大变革，又死了几回，只怕还要不断死下去。

贡布里希说："只有艺术家，没有艺术。"所谓"绘画死了"，分明只有艺术，没有艺术家。事实是，绘画一再地死了，人们继续画画。在北宋，唐朝绘画死了；在晚明，宋元绘画过时了。但愿死的是绘画史，而非绘画。也许绘画真的过时了，但爱好不过时，画画时的那种忘我最迷人，"不为无益之事，何以遣有涯之生"。

自从投靠西画，晋唐书法、宋元山水都成了旧梦。不料前年搬家，翻出不记得哪来的文房四宝，打开一得阁，闻到墨香，即刻提起毛笔，写写字。写字最是无用，然而"此间乐"，乐在读书画画之上。在我，又是以临帖的快乐最纯粹，因为无我。书法真难，若要纸笔依人，总难免做作，一味顺着纸笔，字会自然，可是无味，"心手相应"谈何容易！古人的句式"妙在某与某之间"——艺术，原来是妙在自然与不自然之间。静夜无事，随手写写，不当它是艺术，只求跟随线条走下去，走到廓落悠远的去处，不知何者是线条，何者是自己。忘记自己，忘记时间，就是与自己独处，与时间相处，好比小时候在南国故居的灯下。

灯下看《诗词例话》，临《灵飞经》，是在画山水花鸟之外，我历然分明的记忆。说来也奇怪，那一年收起毛笔和《芥子园画谱》，不再写《灵飞经》，竟也找不到周振甫的《诗词例话》了。虽然从此转向西洋画，敬佩"文艺复兴三杰"的素描，恋恋于印象派的色彩，却还常在夜里看山水花鸟的画册。夜真是静，静到天地间好像只亮着一盏灯，灯下有人在看寂寞的古画，遇到八大山人，便自以为前身是朱耷，见了董其昌、钱选、牧溪、展子虔、顾恺之，又疑是前世，其实不过是我于看画之际的出神。万籁俱寂，想起自己上辈子是松石，是山月，是流水。

静夜独对一朵墨花、一座青山，恍惚自己便是一墨花、一远山，泊在无古无今的空白中，泊在杳然无极的时间里。

临过山水画，便想画真山。晴好的周末，我和阿盛、蓝然结伴写生，走入群山深处，像是到了大荒山无稽崖，唯有太古的静。山中的寂静是风和草木的寂静、石头的寂静、世界自身的寂静，没有时间，没有历史，也没有人类——我们忘了自己。

说是写生，其实是在真山真水之间寻找山水画，找"画意"，找"皴"——雨点皴、披麻皴、卷云皴、斧劈皴、折带皴、牛毛皴……"皴"用以描绘地貌纹理，也是一种符号，如同文字。符号是最简洁的图像，而山水画的高度符号化与程式化，说明中国人曾经最懂风格。山水画家以"皴"把握世界、编织风格，织成绘画的表面。美，在于表面。

艾略特说："文学史每出现一位新人，前人的位置都要动一动。"我每新遇一位古代山水画大师，眼前的真山真水也随之一变，山水画"敞开"了"遮蔽"在山水中的"山水"，借此我得以目睹山水的"真身"：初见范宽，故乡的山骤然集结了亿万雨点；遇到董源，故乡漫山遍野都是披麻皴；翻阅郭熙和王蒙，云的形象潜入群山；心仪董其昌，身外的山山水水都空灵起来。山水画改变山水，未见山水画之前的山水和见过山水画之后的山水，是两个世界。悬崖断壁如此李唐，雨后云山多么米芾，看过敦煌壁画，眼前的山水无不具有装饰性；观摩南宋"院体"，转身眺望真山水，格外感到空间的深远；流连于元代文人画，四周的山山水水竟呈现出一种苍润之美。山水因倪瓒而清空，因龚贤而厚重，因王原祁而苍老，因朱耷、担当而残损，因石涛之笔，天地间浸染了一股清新生气。

无师自学的少年时代，故乡的山水让我追忆古人。自城南去往省城的路上，长河无声，沿途村落悉如旧时曾住，每回途经，一路出神，丘壑延绵而深远。岭下有一代代人的光阴，要是董源将这些画下来，该多好啊。野山郁郁葱葱，聚拢无可名状的造型，简直如黄宾虹笔下的山水。

古代的山水画其实有光影，尤其是南宋画。秋来白日南移，在大地上投下斜光斜影，古老的群山焕然一新，次第缥缈远去，夏圭的《溪山清远图》便沐浴在那光的瀑布里。清如水、淡如雾的南方晚秋，光照在岩石上，却是倪云林疏散的笔墨最传神，萧萧数笔，便画出秋光的岑寂。原来古人的画最写实。

良宵月夜，下了晚自修，我们骑单车到木棉道班的桥上兜风，在水声中远眺，月下千山隐隐有仙气，俨然来到董其昌的画境。在打发少年无聊的光阴里，山水画给了我看山水的目光，故乡的山水拥有了美学。各地的山水各具形貌，那是自在自为的荒野，因为历代大师的描绘，荒野被人文照亮，无为的山水有了"风格"，也有了古今。对于看过古画的目光，山水是绘画史中的山水。

古今中外的美术，山水花鸟画最无为，至今犹在"终结"的艺术史之外，超然独在。山是千年前的山，花也是千年前的花，塞尚晚年一再远眺圣维克多山，莫兰迪年复一年画他的瓶瓶罐罐，想必能懂得中国人为什么千年如一日地画山山水水和花花草草。若问山水画的社会意义，不如问大自然存在的社会性，问问花开、雨下、光照、天空的意义。庄周梦蝶，梦醒后有大茫然。大茫然是认识自己的开始，也是哲学思考的开始。由此而言，中国文化一半诞生于庄子做的梦。"仁者乐山，智者乐水"，中国人的哲思一开始就指向花鸟山水，从中认识自己，忘记自己。

山水之于中国人，好比明月前身；中国人之于山水，亦如流水今日。

（摘自《读者》2018 年第 15 期）

沙 枣

李 娟

抢在葵花成熟之前，沙枣抢先一步丰收了。

我妈在地里干完活，经过果实累累的沙枣林，随手折了一大枝沙枣回家。

她薅下大把大把的果实，抛撒在门前空地上。下一秒钟，所有的鸡全部到齐，吵吵闹闹埋头争抢。

我妈像雷锋一样欣慰地看着这幕场景，扭头对我说："这就是麻雀们整个冬天的口粮。"

此地的麻雀何其富足！

冬日里的每一天，它们起床后，像掀开棉被一般抖落翅膀上的雪，往最近的沙枣枝上一跳，就开始用餐了。

它扭头向左边啄几口，再扭头向右啄几口。

吃完了脑袋附近的，挪一下小爪，继续左右开弓吃啊吃啊。

吃半天也遇不到另一只麻雀。

因为所有的麻雀此时统统都头也不抬地埋头大吃呢。

吃饱了，该消食了，大雪中的树林才热闹起来。串门的串门，打招呼的打招呼，吵架的吵架。然后大家一起没头没脑地欢歌，再乱蓬蓬地惊起，呼啦啦，从一棵树涌往另一棵树。

我行走在沙枣林中，猜测着麻雀的乐趣。想象它小而黑的眼睛，圆滚滚的身子，平凡的外套。

我怜惜它短暂的生命，差点儿忘了自己的生命也是短暂的。

穿行在沙枣林中，身边果实累累，像葡萄一样一大串一大串沉甸甸地低垂，把树枝深深压向地面。

何止是麻雀们的富足，也是我的富足啊。是我视觉上的富足，也是我记忆的富足。

我边走，边摘，边吃。赛虎和丑丑也不知从何得知这是可以吃的好东西。它俩时不时用狗嘴咬住低低垂向地面的一大串沙枣，头一歪，便将下来满满一嘴。三嚼两嚼，连籽吞下。

过去，我所知的沙枣只有两种。

一种是灰白色，仅黄豆大小，但甜滋滋的。尤其顶端微微透明的黑色区域，就那一丁点儿部位，更是糖分的"重灾区"。轻轻划开，便眼泪一般渗出蜜汁。这也是大家最喜欢的沙枣，最为香甜。遗憾的是太小了，除去籽核，基本上只剩一层薄皮。唇齿间刚刚触碰到一抹浓甜，倏地就只剩一枚光核了。

还有一种沙枣大了许多，颜色发红，饱满美丽。因个头大，吃着稍过瘾些。但口感差了许多，不太甜，味道淡。吃起来面面的，沙沙的。难怪叫沙枣。

由此可见，造物主多么公平。我从小就熟知这种公平。

然而，在此处，在水库旁边，我被狠狠刷新了认知。

眼下这些沙枣完全无视天地间的公平原则——它又大又甜！真的又大又甜！

若不是吃起来仍然又面又沙，仍然是极度熟悉的沙枣特有的口感，我真怀疑它们是不是沙枣和大枣的串种……怎么会这么大，又这么香甜呢？

在北方的大陆腹地，我相信沙枣是所有孩子童年里最重要的记忆之一。我猜没有一个小学生的作文里不曾提到过它。包括我，也包括我妈。

我妈小时候，唯一被老师表扬过的一篇作文就是关于沙枣花的。

她写道："沙枣花开了，香气传遍了整个校园。"

半个世纪后她仍深深记得这一句。那大约是她生命之初最浪漫、最富激情的一场表达。

我也热烈歌颂过沙枣，出于成长中无处依托的激情。

但是到了今天，少年的热情已完全消退，我仍愿意赞美沙枣。无条件地，无止境地。

当我独自穿行在沙枣林中，四面八方果实累累，拥挤着，推搡着，欢呼着，如盛装的人民群众夹道欢迎国家元首的到来。

我一边安抚民众的热情，说："同志们好，同志们辛苦了。"一边吃啊吃啊，吃得停都停不下来。吃得扁桃体都涩涩的。似乎不如此，便无以回报沙枣们的盛情。

吃着吃着，又有些羞愧。这可是麻雀们一整个冬天的口粮啊！

但是四面一望，这壮观的盛宴！麻雀们绝对吃不完的。就算把乌鸦们加上也吃不完啊。

我暗暗记住这里，幻想有一天能重返此处。带着最心爱的朋友，炫耀一般地请他们见识这荒野深处的奇迹，诱导他们触碰我多年之前的孤独。

对了，还有沙枣花。

沙枣花是眼下这场奇迹的另一元素。我极度渴望，向只在春天闻过沙枣花香的人描述沙枣果实，向只在秋天尝过沙枣果实的人拼命形容沙枣花香——唯有两者共同经历过，才能明白何为沙枣。

才能完整体会这块贫瘠之地上的最大传奇——这亚洲腹心的金枝玉叶，荒野中的荷尔蒙之树，这片干涸大地上的催情之花。

所有开花结果的树木都诞生于物种的进化，唯有沙枣，诞生于天方夜谭。

诞生于金币和银币之间，诞生于奇遇记和地中海的古老街道之间，诞生于一千零一夜所有的男欢女爱之间。

它惯于防备，长满尖刺，仿佛随时准备迎接伤害。然而世上与忠贞情感相关的事物都富于攻击性。要么玫瑰，要么沙枣。

它扎根于大地最最干涸之处，以挣扎的姿势，异常缓慢地生长。然而哪怕用尽全力，它的每一片叶子仍狭小细碎。

小小的叶子，小小的黄花，小小的果实。沙枣树以最小的手指，开启最磅礴的能量。沙枣花开了！

我所经历的最浓烈的芳香，要么是法国香水，要么是沙枣花香。

沙枣花开了，这片荒野中所有年轻的、无依无靠的爱情，终于在大地上停止了流浪。

直到沙枣终于成熟，沙枣花香才心甘情愿地退守到果实深处。所有爱情瓜熟蒂落。

我一边吃沙枣，一边猜测麻雀有没有爱情。

平凡的麻雀，卑微的鸟儿。叽叽喳喳一阵，一辈子就过去了。

而沙枣供养的另一类鸟儿——乌鸦——体态稍大，想必胃口也稍好吧。乌鸦穿着黑衣服，所以看上去有强烈的庄严感。可大家对它的印象只有聒噪与不吉利。

可是当乌鸦起飞的时候，和世上所有鸟儿一样，身姿有着飞翔特有的豪情。

乌鸦的爱情呢？

乌鸦成群翱翔。不远处雁阵成行。大地上的秋天隆重得如国王登基的庆典。

在隆重的秋天里，我一边吃沙枣一边反复思量，到底沙枣够不够大家过冬呢？

（摘自花城出版社《遥远的向日葵地》一书）

故乡永在
凸 凹

　　祖父说，村南的那座石桥，已经很老很老了，老到我祖父的祖父也说不清它的来历。

　　那年兴修水利，上边来人围着它转了一圈，对陪同他的支书——我的父亲说，这桥已老化得成了一个隐患，得炸掉它，修一座新的。

　　父亲说，咱们还是征询一下村里人的意见吧。

　　一旦征询，那桥就再也不能炸了。

　　人们说，这桥能立到今天，说明老天爷的生辰册子上，已经写上了它的名字，作为地上的人，你哪有资格勾去？执意要勾，是要遭天谴的。

　　人们又说，有了这个村子，就有了这座桥，这是谁都知道的。如果这村子是一个身体，这桥就是这身体上的一个部件，一如人，手脚齐全着，才活得健旺，一旦缺少了什么，就残疾了。

　　议到最后，干部、群众都把目光集中到祖父身上。因为他是老党员，说话有分量。

祖父说，我放了一辈子羊，每天都赶着羊从它身上过。我昨天问了问我的那些羊，人家要炸石桥了，你们同意不同意呢？这些羊"咩咩"地叫成一片，都哭了。为什么呢？羊的记性赖，一旦把桥炸了，它们就再也找不到回家的路了。

桥的事提醒了村里的老人，从此之后，他们对村里的老物件就变得格外上心了。

譬如那盘老石磨。虽然人们吃上了精米白面，老石磨早已搁置不用了，但依旧要保留在原处，不许拆除。因为它见证着丰年之乐、饥年之痛，让村里人更珍惜眼下的幸福日子。

譬如村东的那棵老柳树。虽已老得只剩下躯干和几处腋芽，但依旧不能砍，因为它上面曾挂过用铸铁做成的钟。钟声一响，村里人蜂拥而出，或聚众抗敌，或相约出工，战斗与生产，留下了许多故事。也是因为出行归来，第一眼望到的就是它的枝杈，一旦望到，就有了到家的感觉。

譬如村西那口老井。虽已在别处开凿了一口深井，管道入户，不再到老井那里汲水了，但依旧是井栏洁净，不染纤尘。不仅因为它是曾经的生命源泉，也是因为它让人心安妥——无论雨水丰沛，还是连年久旱，井里的水位总是保持在一个固定位置，不溢、不涸，给人以希望，让人们有了一种生活信念，面对富与贫，有了从容淡定、不浮不躁的心境。

这些理由，都是老人们绘声绘色、有滋有味的言说，在年轻人那里，并没有相应的感觉，认为人一老就守旧了，是可笑的，便主张废旧立新，让村子有个新面貌。但老人们是一群认死理的人，即便是言之凿凿，却总也不能说服他们，便只好依从。

进入中年之后，对故乡的回忆突然就占了大部分的心思，而每一忆及，首先进入思绪的，竟总是那座石桥、那盘石磨、那棵老柳树和那口老井。如果没有它们的支撑，整个记忆就很难展开，就只剩下一团化不开的乡愁，以致忧郁无眠。

这是为什么呢?

后来我读到了友人彭程的一篇名为《树诔》的散文,一下子让我明白了其中的道理。他写一次回家省亲,发现村口的一棵老绒花树被人砍了,突然就生出一种莫名的忧伤,觉得砍掉的不仅仅是一棵生物意义上的树,而是砍断了对故乡记忆的链条。原来在感情的深处,这棵老树不只是一棵树,更是故乡的象征。他于是发出很深的感慨:这棵老树是我的一个亲人,是亲情的一部分;这样一个连着我根脉的亲人失去了,故乡的梦也就残损了,故乡也就不成其为故乡了。

现在看来,人不到一定的年龄,便不知道家乡土地上那一山一石、一草一木的含义。人生渐老,方知是非、深浅、痛痒,是岁月深处的道理。在老人们的眼里,故乡不仅是生养休憩之地,还关乎心灵,是人的精神家园。因此,老人们对乡间里的处处都是怜惜的,他们既是传承者,也是坚守者,故乡因他们而完满,而厚重,而存留致远。

故乡无言,而老人们有口碑——在异地生活久了,再回望故乡,我真切地感受到,还多亏了这些老人,正是他们对故乡意义、故乡伦理最深情的阐释,才使故乡的血液化成了后人的脉搏,对他们的人格形成和人生走向,产生了绵长而深刻的影响。

譬如雨后的山林,会猝生一种锅盖大的蘑菇,雪白水嫩,让人惊异。但是,惊异之余,不能叫,也不能手忙脚乱地上前掘取。因为,只要一叫,一弄出声响,它就会迅速收缩,直到无形。为此,老人们给它取了一个很形象的名字:"马跑"。祖父曾对我嘱咐道:"你一旦遇到'马跑',一定要有足够的耐心,悄悄地靠近它,看准了它的根须,一下子拧断,这之后,不管是叫还是跳,它都会完整地待在那里,任你拿回家去,煎、炒、烹、煮,弄一桌子好饭炊。当美味嚼在嘴里的时候,你应该思忖一下其中的道理——每有意外所得,你千万不要得意忘形,你应该心沉气静,看准了再去消受,不然的话，煮熟了的鸭子也会飞掉，捧到手心的油脂也会从指缝里漏掉。"祖父的道理是实在道理，"马跑"的故事也并不神秘——待我学了园艺专业之后，知道所谓的"马跑"，不过是松树菌的一种，习性中对声波尤为敏感，更忌惮的是人声的喧哗。所以，山林不语，正是它的好处，奇珍嘉卉不被惊扰，可自由生长。

譬如深山的阴处有一种植物，叫"山海棠"。即便生在僻处，无人观赏，可它依旧是一丝不苟地向上挺拔了枝叶，开出鲜艳欲滴的花朵。我很是不解，曾对祖父说："它真是不懂人间世故，既然开在深山无人识，便大可以养养精神、偷偷懒，没必要下多余的功夫。"祖父瞪了我一眼，说："你究竟是太年轻，看重功名，内心浮躁，不知人间真相。在山海棠那里，它只按自己的心性而活，生为花朵，就要往好里开，至于能不能被人看见、被人夸奖，它从来都不会去想。可是，一旦有人走到它跟前，它的俊相就会烫了这人的眼睛，让人从心底里生出敬意。这叫什么？这叫自尊自重。"祖父又说："在我的几房儿媳妇中，你知道我最看重谁？是你大伯母。你大伯母家最穷，屋里只有一盘土炕、两只矮柜。可是你一进到她的屋里，就再也不敢造次了。炕上的几床土布被褥叠得整整齐齐，矮柜上的家什放得规规矩矩，脚下的石板地擦得光光亮亮，穷，却穷得清清爽爽。如果你脚上有土，都不好意思迈进去，得在门槛上蹭一蹭；如果你嘴里有口老痰，绝不敢像在别人家那样随口就吐了，得忍到出了她家的门庭。在你大伯母那里，你会感到，穷得清爽就贵了，就没人敢轻贱。"

再譬如故乡的旱。那时的光景不堪回首，十年就有九旱。要春种的时候，天上连一片云絮都没有，土地龟裂，举步蒙尘。此番情景，种子下到地里，就意味着一个"死"字。然而村里人依旧把种子播进土里，起早贪黑，汗流浃背，无怨无悔。面对这种近乎徒劳的勤勉，我等后生颇有烦言，深以为蠢。父亲说："这是祖宗留下的规矩，后人哪敢违背？因为老辈人说，下不下雨是老天的事，撒不撒种是人的事——命运如何，在天；尽不尽本分，在人。只要人尽了本分，不管结局如何，人都可以问心无愧了。常说的天地良心，就是这个意思。"

后来的世事让我感到，这种"本分"之说的确有它的动人之处。干旱之时，如果不下种，即便有后来的漫天甘霖，也不会长出庄稼；一如绝望中如果不心存希望，也就只剩下了虚妄。

回溯种种，不禁感到，故乡的伟大正在于它那贫瘠的土壤上，不仅生长出了足可以让人活命的大豆、小米和高粱，而且供奉出了足可以抗拒外界诱惑而不迷失自我的大地道德。正如康德所说，我心中最敬畏的是两样东西：天上的星辰、大地上的道德律——他立论的基础，或许就在这里了。

反省一己人生，我很自信地说，有什么样的故乡，就会走出什么样的人。我之所以能在红尘遮眼、欲望乱神的情境之下，还恪守本真，不患得患失，一直本分周正地做人，正是故乡伦理的滋养，使我内心充盈、从容淡定。

因此，故乡对人的重要性就在于，它是一个人心智、情感、人性和伦理观念形成的起点，是立人的基础。一如大树没有茁壮的根须就会倾覆，大楼没有牢固的根基就会倒塌。有了可靠的基础，任风吹雨打、沧桑变幻，内心的价值取向和做人的骨架，是不会被撼动的。

这个世界虽然已经全球化了，但开放的前提，恰恰是对心灵圣地的坚守与回归。四海弦歌息止时，游子心中会油然升起一声深情的呼唤：哦，故乡永在！

（摘自《读者》2011 年第 17 期）

聆听草原

艾 平

　　很多年前，我经常跟随父亲在草原上漫无目的地游走。我们乘坐的是一辆老掉牙的吉普车，所有的零件都在与车轮一起摇滚。我们就在这种摇滚中走走停停，迷恋地遥望天和地的尽头，时而有一群遮天蔽日的银鸥叫着飞过，时而有孤独的牧马人月亮似的慢慢在山冈上升起。父亲没有告诉过我这种游走的目的，后来我终于懂得，父亲原本也没有什么目的，他只是觉得在辽阔的空间里比较自在，而身旁有比呼伦湖还要清澈的女儿相伴，他的自在中便多了一份开心。

　　我记得父亲的车里总是带着大肚子玻璃瓶装的酱油，铁皮桶装的白酒，桦树皮篓装的咸盐，还有一些土霉素片和蛤蜊油，这都是牧民需要的东西。我们用不着事先联系，在草原深处，每一座蒙古包里都有我们久违的亲人。那些蒙古包孤零零地坐落在茫茫的绿野上，像一朵朵白色的蘑菇。蒙古包的主人早知道我们即将来临，已经熬好了奶茶，开始杀羊煮肉。这让我好不奇怪：草原深远安谧，难道是天上的云朵给他们报了信？

是套马杆在传递草原上的声音。牧人阿爸把手里的套马杆平放在草原上。牧草挺拔茂密，如无数只有力的手臂，托举着那根沉甸甸的柳木套马杆。草浪随着微风轻轻颤动，牧草却并不倒塌。我好奇地把手伸向套马杆下面的草丛，发现那个半尺多高的小空间，仿佛秘而不宣的母体。无数小昆虫、小蓓蕾、小露珠都在里面静静地醒着，无限的季节就在这薄薄的空间里成长。

当我把耳朵俯在套马杆上的时候，便听到了一种清晰响亮的声音。那声音难以描述，好像一会儿把我推到了城市的街道上，一会儿把我带到了大海的波涛里，无序，错杂，时断时续，有时细腻，有时浑然。随着这种声音来临，貌似凝固的原野顷刻间变得栩栩如生——百草窸窣，群鸟鸣唱，许多莫名的动物在啮噬、在求偶、在狂欢。马群像石头从山上纷纷滚落，云朵推动大地的草浪，甚至还有朝阳拂去露水时的私语，鸿雁的翅膀驱赶浪花的回声……这时候，牧人阿爸说："要下雨了，咱们包里坐。"我抬头看天，天空阳光灿烂，碧蓝如洗。我们进包后，一碗奶茶方尽，暴雨真的来了。雨点打得蒙古包"砰砰"响，像群鸟在弹跳，雨滴时而从天窗射进来，落到肉锅里。

草原上有会看天、看年景的人，也有会听天、听地的人。他们长期在人迹罕至的草原上游牧，慢慢地获得了独特的生存智慧。牧人阿爸说，刚才的雨是套马杆告诉他的，他还说他一大早就听见了我们的汽车声，也听到了雨正在远处商量着要往这里来呢。吃肉的时候，阿爸又告诉我，细看大羊肩胛骨片上的纹理，就会发现游牧的足迹——羊走过的草场是否茂盛，水是否丰沛，什么草比较多，羊缺乏什么营养，生过什么病，等等，都会通过不同的骨纹显现出来，那么牧人就知道下一年该怎么选择草场，游牧的路线图也就有了。于是，经年累月，一切都变得可以预言。

风每天在草原上吹过，岁月都到哪里去了？传统的游牧，是大格局协作式的迂回迁徙，以满足畜群不同季节的不同需求，比如春天接羔，那就要到残雪消融的阳光坡地去；牧草返青时，要给畜群找到大片有营养的牧草；夏天要考虑哪些地方的草适合储藏，留下来待秋天打草，保证牲畜有过冬的食粮；水、温度，哪些牧草能为牲畜提高免疫力，哪些牧草能调节牲畜的胃肠，哪些地方的牧草适合牛吃，哪些地方适合马吃，等等，这是一种生灵与自然共生的大学问，也是值得当代生态科学深入研究的课题。可是人们到底还是忽略了这一切，当然也很快尝到了苦果——牲畜被铁丝网围于家家户户一小块一小块的草场上，食物结构单一，活动范围狭小，无法率性自在地生长，于是肌体不停退化，几代下来，牛羊肉的味道已经大不如前。作为经营者的牧民，单枪匹马，缺少机械化的生产工具，在严酷的自然面前，往往力不从心，而面对市场经济冲击时，常常显得不知所措。于是，在一部分人富起来的同时，也有人无奈地卖掉或者出租自己的草场。

现如今，汽车轮子和微信直播，将茫茫草原与外界紧密相连，亘古的秘境变得一览无遗。"站在草原望北京"，不再是夸张的修辞。在蝴蝶扇动翅膀的瞬间，现代科技已经覆盖了草原，汽车自驾游、直升机拍摄、电商平台、云计算、网红，等等，不由分说地都来了。新概念在草原上跨时空嫁接，开始了前所未有的试验。一个从未走出草原的年轻牧马人，靠着百度导航，六天不到就用小汽车把阿爸、阿妈带到了椰风弥漫的海南岛。那两个一辈子都穿着马靴、戴着包头巾的人，卸掉全身十几斤的重负，站在大海里，互相看着白皙的躯体和古铜色的双手，哑然失笑……记得20世纪六七十年代，草原的老人常常这样教导不愿吃苦的儿孙："要知道你的午饭在羊身上，不在供销社的柜子里。"而现在，牧民从业的方式已经五花八门，草原的食物也变得丰富多彩，什么肯德基、比萨、韩式烧烤、麻辣烫，无所不有，吃一顿传统的手抓肉，反倒要特意跑到饭店，端的十分奢侈。

然而，生产方式带来的变化，改变的不仅仅是草原的生活，还像微风细雨一样，日复一日地浸润着草原的心灵。

　　在我的记忆中，我的牧民阿爸就是一切牧民的代表。他们淳朴、勤劳、真挚、好客，爱草原如生命，爱大自然里的一切，从不在草地上动土，从不捕鱼，不到万不得已，不猎杀野兽，个个都可以信任，人人都可生死相托。草原古老的游牧文化，粉碎了一切人定胜天的谎言，其天人合一的哲学内涵，作为一种思维方式，呈现出很大的科学性。草原事实上意味着一种物竞天择、生命轮回的大境界，它属于万物生灵，而不仅仅关照人类。游牧文化告诉我们，只有草原大野芳菲，亘古犹新，人类才能浑然于万类之中永续苍生。只是忙于战天斗地的人类，并没有谦卑地将其当作一本教科书罢了。

　　历史是多条不同的河流，当它们汇入大海之后，还会以波涛和旋涡的方式互相冲撞不已。看吧，在茫茫的草原上，无数时间的碎片，无数空间的远影，都在时代的大苍穹里闪光、发声、跳跃、裂变、融合、再生。昔日的淳朴、今日的开放，每一种内在的质地，都不足以固守原初的草原。草原的秘密在哪里？我依凭大半生的体验来书写草原，也时刻以高度的敏感注视着草原。我对草原的聆听，已经有了多元的方式，当然感情的因素是最重要的。我如此热爱草原，我手中的笔永远无法离开草原。草原告诉我一切：生命与自然，人生与历史，现实与梦想。

　　　　　　　　　　　　　　（摘自《解放日报》2018 年 7 月 5 日）

读懂生命
胡昌升

　　若要读懂生命，仅靠书本不行，还要靠我们的双脚。那一串串清晰的脚印描绘出我们经历的图案，气韵生动，意境深远，透视出生命的节奏与真谛。经历是人生宝贵的财富，也是生命美丽的收获。

　　1988 年，我是一名年轻的大学教师，意气风发，激情满怀。那年暑假，我被中国登山协会选中，担任英国雷利希夏邦马峰科考登山队的联络官。该队的任务是，在喜马拉雅山地区进行自然科学考察，并攀登希夏邦马峰。该峰海拔 8000 多米，位于我国西藏聂拉木县境内，是世界 14 座海拔 8000 米以上高峰之一，距珠穆朗玛峰约 120 公里。希夏邦马，藏语的含义是"气候严寒且多变"，是喜马拉雅山脉中现代冰川最丰富的地区，冰川随处可见，冰雪裂缝纵横，雪山风景壮美奇特。加之山势险峻、天气变化无常，征服希夏邦马峰让人憧憬无限，又让人心怀几分敬畏。

大本营扎在海拔 5400 米处。大本营周边很荒凉，生命的痕迹已经很少，有雪水融化的小河，偶尔能看到迎着寒风的雪莲，幸运的话还能看到耸耳静听的小精灵和可爱的高原雪兔。黄昏的落日燃烧着天边，深夜里，时而狂风大作，时而繁星满天。常有寻味而来的狼群，那悲怆的嗥叫声，让夜晚充满惊悚。经过 20 天在大本营的适应和在周边的科考，我们开始向上攀登。到了 1 号营地，海拔 5900 米，在此继续停留 5 天。其间，队里安排了 5 名队员向上探路，之后队里收到返回的报告：前方海拔 6300 米处可做 2 号营地。我们继续向上攀登，在能避风且相对平坦处扎营。根据队里的安排，大家在此处继续休整适应 3 天，白天到周边考察。到 2 号营地后的第二个傍晚，队里召开紧急会议，气象学家亨特告诉大家，"今晚至明天将有暴雪，气温会降到零下 40 摄氏度"，要求大家做好防寒防冻抗暴风雪的准备。我怀着盼雪的兴奋劲儿吹着口哨进了自己的帐篷，打开睡袋，躺着想象第二天清晨会出现的迷人雪景，模糊地进入梦乡。

我被急促的求救声惊醒，打开手电筒，我看到时间是清晨 5 点 35 分。我立即穿上羽绒服，戴上防冻手套，费了很大力气才把帐篷门打开，用登山镐把帐篷外的雪扒开。外面寒气逼人，我走出帐篷时，天色还朦朦胧胧，大雪纷飞，狂风呼呼作响，我感觉睁眼都困难。戴上登山墨镜，我发现周边的雪已经与我们的帐篷齐高。往求救声的方向望去，才知是英国记者的帐篷被雪压塌了，3 名登山队员正帮着清理积雪，并重新搭起帐篷。环顾营地的帐篷，大部分只剩黄色的帐篷顶在外了。我赶紧清理我们帐篷上的雪，以防帐篷被压塌。一会儿，我的手已不听使唤，我感觉胡子上结了冰，胸闷头晕，有明显的缺氧症状。我爬进帐篷，打开氧气瓶开始吸氧。此时，下雪带来的兴奋感已荡然无存。吸氧时我想，高原的狂风暴雪真是凶猛无比，如果不是亲身经历，我真不敢相信狂风能把石头吹走，暴雪能把帐篷压塌。如果这种极端天气持续，别说登顶，我们将马上陷入困境。在那个当口，我作为联络官，不得不思考怎么去说服大家逃生，或想办法让外面的人来营救我们。

第三天，太阳终于出来了，队里安排我带6名优秀的队员突击下山，找当地政府营救被困者。经过3天的爬冰卧雪，我们终于回到了聂拉木县城，找到县上负责营救的武装部。武装部部长说："中央人民广播电台昨天报道，这场雪是喜马拉雅山地区60年未遇的大雪，气温低至零下50多摄氏度，你们还能活着，真不容易啊！"他给我们安排20名当地藏族群众（基干民兵）施救，并叮嘱我，上山救援要把安全放在第一位。然后我们又开始艰难地向着皑皑雪山爬行，我也不清楚我们还能否活着返回。上山的途中，我一度思考过"遗书"的事。藏族同胞一路上对我关心备至——累了，他们搀扶着我慢慢前行；饿了，他们把自己的糌粑给我充饥……5天后，当我们到达营地时，30多名英国人都竖起了大拇指，并一一与我们紧紧相拥。

我们刚刚撤离2号营地，身后的山上就发出连续的震耳欲聋的响声，我感到脚下的土地在颤动，似乎是整个山体在崩塌。原来，这是特大暴雪后天气放晴引发的雪崩。雪崩离我们只有六七公里远，山上的雪像翻起的白浪一般涌下山来，我们的许多登山设备和摄影器材被埋，所幸人员全部脱险。

回到聂拉木宾馆，我的双腿好像灌了铅似的完全僵硬，手脚已被冻伤，脸被紫外线灼伤，加之被似刀的寒风雕刻过，看着镜子里完全变了样的自己，我已无法认清和识别。眺望窗外，静默无垠的白雪和极度寒冷的空气，使整个县城陷入死一般的寂静，令人透不过气来。倒是在县城东边的广场上，停放的"黑鹰"直升机的螺旋桨还在转动。那时我想：生命，只有在不畏艰险时才充满张力，只有在战胜自我时才充满意义。

（摘自《读者》2018年第14期）

致 谢

　　早春三月,北国大地上虽然还没有呈现出"春暖花开,柳絮飘飞"的景象,但晨曦中南来北往的沸腾人流却能让人感觉到春潮的阵阵涌动。新的生活就在此间迸发,返校、返城、返队、返程的人们怀揣着新的梦想,迈开新的步伐,向着明媚的春天出发。而此刻的我们也正是这沸腾人流中的一员,开启了我们新的征程。

　　今年我们将喜迎共和国的 70 华诞。这是一个让人感受温暖与幸福的时刻,作为一名出版人,从去年开始我们就想以出版人的独特方式来表达对伟大祖国的真诚赞美和衷心祝福,为此特意策划了《读者丛书·国家记忆读本》。这是继《社会主义核心价值观读本》《中国梦读本》成功出版发行之后,甘肃人民出版社策划的第三辑"读者丛书"。丛书以时代为主线,以与人民最密切相关的衣食住行等生活变迁为切入点,以朴素而温情的独特记忆去回望和见证共和国 70 年的历史风云、发展变迁,让读者既能重温共和国成立初期虽然物质匮乏但理想崇高的激情岁月,又能感受到改革开放的春天到来以后,祖国大地生机盎然、蓬勃向上的巨大变化,更能体会到新时代以来追梦路上人民的新气象和新面貌。

和以往出版的两辑读者丛书一样,《国家记忆读本》在策划、编辑出版过程中,得到了中共甘肃省委宣传部、甘肃省新闻出版局以及读者出版集团、读者杂志社等多方的指导和帮助,在此深表谢意!与此同时,丛书的编选也得到了绝大多数作者的理解和支持,他们对作品的授权选编和对丛书的一致认可使我们消除了后顾之忧,对此我们表示诚挚的谢意!虽然我们尽力想把工作做得更细致更扎实些,但因为种种原因依然未能联系到部分作者,对此我们深表歉意,也请这些作者见到图书后与我们联系。我们的联系方式是:甘肃人民出版社(甘肃省兰州市读者大道 568 号,730030,联系人:肖林霞,13893138071)。

在这春潮涌动、春天的脚步越来越近的时刻,《读者丛书·国家记忆读本》的出版发行,既是我们送给祖国母亲 70 华诞的一份献礼,也是我们出版人和读者人的一份责任与担当。我们带着对祖国母亲的祝福在新的一年里出发,追寻更加精彩纷呈的人生,迎接春的到来!

读者丛书编辑组

2019 年 3 月